혼자의 발견

혼자의 발견

곽정은

목차

앗, 운동가야지 · 012

있는 그대로의 나 · 013

선택 1 · 014

선택 2 · 015

선택 3 · 018

실족 · 019

난 오르가슴이 좋아 1 · 020

난 오르가슴이 좋아 2 · 025

호감의 기술 · 032

없어도 되는 친구 · 033

악플 전성 시대 · 034

강변북로 · 035

자동차 이야기 1 · 036

자동차 이야기 2 · 038

자동차 이야기 3 · 039

자동차 이야기 4 · 040

자동차 이야기 5 · 041

충동 · 044

행복을 연장하는 법 · 045

금요일 저녁 · 046

지금껏 내가 해온 섹스는 다 뭐였을까 · 047

안 들려요 · 050

몸을 사랑하는 일 · 051

상처받는 것이 두려운가요? · 052

솔직한 연애 · 054

최악의 조합 · 055

성장 1 · 056

성장 2 · 057

섹시함에 관한 고찰 · 058

엘리베이터 안에서 · 064

우아하게 화내는 법 · 065

강아지가 말한다 · 066

문답 1 · 067

문답 2 · 068

문답 3 · 069

문답 4 · 070

문답 5 · 071

문답 6 · 072

문답 7 · 074

야수 같은 남자 · 076

옷가게에서 우리가 원하는 것 · 080

남성관의 어떤 변화 · 082

그의 성장환경이 궁금한가요 · 083

더 슬픈 일 · 088

가능한 두 가지 위로 · 089

가짜 배고픔 · 092

식탁에서 하고 싶은 것 · 093

배가 또 고픈 이유 · 099

나는 너를 먹고 싶어 · 100

먹는 남자 · 106

이상향 · 107

연애와 자본주의 · 108

너희 중 변태가 아닌 자만이
돌을 던지라 · 110

당신의 성욕은 건강하십니까? · 113

'우리 잠시 시간을 갖자'는 말 · 116

단호하게 확실하게 · 117

내가 사랑하는 남자의 '그곳' · 118

섹스하기 좋은 몸 · 122

진짜 능력 · 128

자위하는 것을 보여줄 수 있을까? · 130

구원 · 131

이색 데이트 · 132

처음 만난 날 자도 되나요? · 134

이혼 · 135

영어 좀 하는 남자 · 136

헤어지고 싶을 때 · 137

바이브레이터를 허하라 · 138

어떤 질문 · 142

정치관이 다른 남자 · 143

사랑의 세 가지 요소 · 144

절대 만나면 안 되는 다섯 가지 남자 · 145

그녀는 어떻게 연애의 달인이 되었나 · 146

계산된 실수 · 148

내가 바벨을 드는 이유 · 149

좋은 싸움 · 150

주말을 보내는 어떤 방법 · 152

그는 왜 전화하지 않았을까 · 153

나쁜 연애 상대 1 : 술 취하면 변하는 사람 · 154

나쁜 연애 상대 2 : 약자에게 강한 사람 · 155

나쁜 연애 상대 3 :
기웃대는 것이 생활인 사람 · 156
하루 한끼 · 157
멍 때리는 시간 · 158
내가 책을 고르는 방법 · 159
세 치 혀 · 160
일단 한번 만나시죠 · 161
예쁘게 나이 먹는 것 · 162
임시의 삶 · 164
남산 · 165
문자로 할까 전화로 할까 · 168
공부가 제일 쉬웠어요 · 169
가장 깔끔하고도 무서운 목 · 170
열심히 돈을 벌어야 하는 이유 · 171
세차한 날 비 오다 · 172
할까? 말까? · 173

극복할 수 없는 월요병 · 174
벌거벗은 여왕님 · 175
어떤 일을 할까 · 176
최악의 상사 · 178
좋은 상사 되는 법 · 179
단호하게 굴 권리 · 180
어디까지 공개할까 · 182
매혹의 기억 · 183
이야기하고 싶은 사람 · 184
모음의 비밀 · 185
불편한 상상 · 186
세 남자 중 하나 · 187
연애와 상처의 함수에 대하여 · 188
잔소리 · 194
바람 · 195
욕망 · 196

경험담 1 · 197

경험담 2 · 198

경험담 3 · 199

외도의 시작 · 202

결혼 적령기 · 203

아버지 · 204

더이상 예고는 없어 · 206

돌아보지 마 · 207

참 쉬운 주문 · 208

최악의 상사에 대한 최고의 복수 · 209

불안과 공포 · 210

쇼핑 · 211

네 가지 요소 · 212

참 어렵다 · 214

졌다 졌어 · 215

세상에는 필요하다 1 · 216

세상에는 필요하다 2 · 218

백화점에서 · 219

가족은 어디에나 있다 · 220

혼자 밥 먹기 · 221

저출산 시대 · 222

사주카페 · 223

여행의 미덕 · 224

항공권부터 사세요 · 225

한 통의 문자 · 226

뒷담화 · 227

뛰지 마세요 · 228

노동과 소비 · 229

일해야 하는 이유 · 232

무서운 진실 · 233

종이 신문 · 234

몸매냐 태도냐 · 235

잡지를 보는 법 · 236

내 사람은 어디 있을까? · 238

피라미드 가는 길 · 239

잡념의 노예 · 240

오감만족을 위한 라이프팁 · 241

이것만은 모른 척 넘어가지 마세요 · 244

생리주기 아는 사이 · 245

어떤 배 · 246

쩍벌남 · 248

진짜 나쁜 남자 · 249

독립 · 250

그는 왜 전화하지 않았을까 · 251

칭찬을 반사하지 마세요 · 252

이상적인 일주일의 밤 · 253

다이알 비누 · 254

대지의 힘을 받아들이는 법 · 255

흘리면 안 돼? · 256

섹스칼럼니스트로 산다는 것 · 257

개에게서 배우다 · 258

섹시할래야 섹시해질 수 없는 남자 · 259

SNS의 스마트한 활용법 · 262

SNS의 안 스마트한 활용법 · 264

스스로에게 솔직해지기 · 265

어차피 끝난다 · 266

시작

'혼자'라는 단어를 나 혼자 들을 수 있을 만한 목소리로 나지막이 소리 내어보면 잠시 후에 어떤 감정이 일어나곤 했다. 마음속의 동굴을 들여다보는 것 같은, 그런 어두운 감정. 그렇지만 많은 시간을 통과하고 나서야 이제 겨우 알게 되었다. '혼자'라는 단어에 감사할 수 있을 때 '둘'이라는 관계를 잘 감당할 수 있다는 것을. 세상은 따뜻한 '혼자'들이 여기까지 만들어왔다는 것을. 그리고 이제 나는 그 단어를 나지막이 소리 내어 말하고 나면, 희미하게 미소 지을 수 있는 사람이 되었다.

원한 적 없지만 세상에 혼자 남겨져버린 나와 당신에게,
그저 작은 울림이 되었으면.

곽정은

앗, 운 동 가 야 지

땀 흘리는 남자는 언제나 옳다.
그것이 피트니스 센터이든 침대 위든.

하지만 땀 흘리는 여자야말로 진정 옳다.
그것이 피트니스 센터이든 그 남자의 위든.

'있는 그대로의 나를 사랑해줄 사람을 원해'라는 말은
연애를 시작할 때 종종 장벽이 되곤 한다.
보다 매력적인 사람이 된다는 것은
누군가의 눈에 띌 확률을 스스로 높인다는 의미이기 때문에
정말 있는 그대로의 모습만 보여주어서는
아무것도 진전되지 않기가 쉽다.

하지만 연애가 시작된 후에는
진짜 '나의 있는 모습 그대로를 보아주는 사람'인지 지켜봐야
한다.
연극을 하며 살 수는 없기 때문이다.

하지만 많은 이들이
연애를 하기 전에는 별다른 노력을 하지 않으려 하고
연애를 시작하면 상대방을 바꾸려고 애를 쓴다.

남자 없이도 얼마든 즐겁게 살 수 있겠지만
남자 없이 살고 싶지는 않은 바로 그 지점에서
정말 남자와 함께 행복해질 수 있는 것이 아닐까.

남자 없으면 안 된다고 믿는 여자는 잘못된 상대를 고르기 쉽고,
남자 따위 필요 없다고 생각하는 여자는 생각보다 더 외롭다.

원하는 것을 선택하는 삶을 살 것인가.
싫어하는 것을 피하는 삶을 살 것인가.

만날 듯 이해한 듯 그러나 우린

하루에 여러 번씩 전화해 사랑을 속삭이고
매일 저녁 스케줄과 귀가시간을 체크하는 남자와

하루에 한두 번 정도 통화를 시도할 뿐이지만
약속이 없다면 오늘 만나지 않을래? 라고 말하는 남자 중

어느 쪽이 더 나을까?

상대방에게 완벽한 자유를 허락하면서도
그 안에서 서로가 신의를 지킬 수 있다면
그것이야말로 우리가 오래도록 바라왔던 사랑의 원형이다.

실 족

어둡고 깊은 구멍이 도처에 입을 벌리고 기다리는 도시에서
눈에 띄게 발랄하고 믿을 수 없을 정도로 상냥한 사람들을 만
나면 묘한 이질감과 공포를 느낀다.

당신들에게는 이 도시의 거대한 구멍들이 보이지 않는가요?

작년쯤이었을 것이다. 온갖 종류의 화려한 컬러 제품들이 진열되어 있는 화장품 매장을 지나가던 길에 내 눈을 완벽히 사로잡은 어떤 볼터치용 블러셔를 발견하고선 나도 모르게 걸음을 멈췄던 것이. 발그스레하면서도 은은하게 빛나는 그 컬러를 볼에 톡톡 두드려 내 볼도 발그스레하게 만들 상상을 하며 제품의 뒷면을 본 순간 난 혼자 묘한 웃음을 지을 수밖에 없었다. 그 컬러의 이름은 다름아닌 '오르가슴'이었기 때문이다. 오르가슴을 느낀 직후의 발그스레하고 오묘한 그 홍조만큼 예쁘고 생기 넘치는 것이 있을까. 그 은밀한 홍조를 경험해본 여자들만이 은밀하게 사용해야 할 것 같은 섹시한 네이밍에 지갑을 열지 않을 여자는 몇이나 될까. 여자의 아름다워지고 싶은 욕망과 사랑받고 싶은 욕망이 정확히 중첩되는 순간을 목격한 느낌이었다.

하지만 얼굴이 아름답게 발그레해진다는 건 오르가슴이 신체에 가져오는 수많은 변화 중 하나에 불과하다. 과학자들은 성적 자극 및 적극적인 섹스 라이프가 인체에 갖고 오는 이점에 대해 강조해온 지 오래다. 숱한 과학자들이 면역력이 높아지고, 암에 대한 적응력을 높여주고, 우울증의 발생 빈도를 낮춰주는 등 인간의 신체 곳곳에 긍정적인 영향을 끼치는 섹스의 효용을 '섹스 글로(Sex Glow)'라는 표현까지 쓰며 찬사를 아끼지 않았다. 한마디로 즐겁게 섹스를 하면 온몸에서 빛이 날 정도로 몸에 긍정적인 변화들이 찾아온다는 얘기다.

아주 흡족한 섹스를 한 다음날 아침, 피부 톤이 밝아진 것 같고 부기도 빠진 것 같은 느낌이 들지 않느냐는 이야기는 꽤 만족스러운 섹스를 하고 있는 내 친구들과 셋쯤 모였을 때 속닥거리며 할 만한 것일 테고, '예전 사진보다 훨씬 좋아 보이네요, 역시 비결은?'과 같은 질문은 스물아홉 살의 건장하고 건강한 남자와 만나고 있는 나에게 사람들이 눈을 찡긋거리며 하기 좋아하는 질문일 테다.

그러나 오르가슴의 효용은 단지 '공짜로 더 건강해지는 방법' 정도에만 머무르지 않는다. 더 중요한 사실은, 이 오르가슴이라는 것이 바로 정서적인 부분에 굉장히 깊게 관여한다는 것이다. 내가 매력적으로 생각하고 아끼는 그 사람이 내 살갗을 조심스럽게 만질 때의 세포와 감각신경 하나하나가 깨어나는 경험은 결코 익숙해지지 않는 짜릿함을 준다. 그와 나의 호흡이 동시에 거칠어지며 온몸에 열기가 돌기 시작하면 그가 만지는 나의 입술이든 가슴이든 혹은 클리토리스이든 마치 기다렸다는 듯이 부풀어오르고 팽창한다. 그리고 그것은 내가 완전히 살아 있는 존재임을 강렬하게 느끼게 해준다.

그리고 마침내 서로에 대한 흥분과 친밀감이 묘하게 뒤섞인 채로 서로의 가장 은밀한 부위를 결합하고 극치감으로 치달았을 때, 이루 형언할 수 없는 충만감과 위로받고 있다는 감정이 온몸을 감싸게 되는 것이다. 생각해보면 우리가 보내는 낮의 시간이란 얼마나 차갑고 비정한가. 맘놓고 편히 웃을 일보다는 상사에게 억지로 웃어드려야 할 일이 더 많고, 주저앉아 울고 싶어도 그저 입술을 깨물고 참아야 할 일들투성이 아니던가. 하루종일 심정적으로 지치고 깨진 한 개인이 다른 한 인간에게 그 살과 뼈로, 표피세포부터 깊숙한 점막에 이르기까지 어루만져지고 위로받는다는 것은 아름답다못해 비장하게까지 느껴진다. 인간이기 때문에 가질 수밖에 없는 존재의 근원적 고독조차도 두 사람의 몸이 하나로 합쳐져 있을 때만큼은 그들과 상관없는 어떤 것인 듯 보이는 것이다. 완벽히 위로받고, 자신의 존재 자체도 망각해버릴 만큼 완벽한 쾌락을 경험하는 일은 한 인간이 다른 한 인간에게 해줄 수 있는 최고의 선물이자 함께 누릴 수 있는 최선의 쾌락인 셈이다.

또한 섹스는 두 사람이 더 끈끈한 관계를 유지하는 데에도 도움이 된다. 잘 알려진 바와 같이, 섹스는 뇌의 호르몬 분비와 밀접한 관련이 있으며 오르가슴을 느끼는 순간 여성은 옥시토신 분비가, 남성은 바소프레신 분비가 눈에 띄게 늘어난다. 옥시토신은 서로에 대한 일체감과 친밀감을 높여주어 상대방에게 더 강한 애착을 갖게 해주고, 바소프레신은 다른 이성에게 눈을 돌리지 않도록 하는 데에 관여하는 것으로 알려져 있다. 서로에게 오르가슴을 선사할 수 있는 커플이, 적극적으로 쾌락의 포인트를 찾아가는 남녀가, 더 끈끈한 관계를 유지할 수 있는 이유가 여기에 있는 것이다.

그러므로 연인들이 그토록 두려워하는 권태기란, 단지 서로에게 더이상 새로울 것이 없어서 찾아오는 시간이라고 단순하게 이야기하기 힘들다. 서로의 몸을 어루만지고, 최고의 쾌락을 선사한 경험이 없는 연인이 갑작스럽게 맞닥뜨리기 쉬운 것 역시 권태기이기 때문이다. 서로를 만지고, 애태우고, 좋아하는 바로 그 지점을 가장 좋아하는 방식으로 애무하고, 짧은 순간이지만 상대방에게 무아지경의 시간을 선사한다는 건 단지 쾌락의 문제가 아니라 둘의 미래까지도 가늠하게 해주는 중요한 키가 되는 셈이다.

그러니 연인과 상당 기간 동안 섹스를 하긴 했지만 그저 점막끼리 접촉했다는 지극히 물리적인 결합감이 당신이 느낀 것의 전부였다면 당신 스스로 달라지지 않으면 안 된다. 한 사람의 인간으로서 당신은 최고의 위로와 최고의 쾌락을 느낄 권리가 있고, 관계가 오래 지속되길 바란다면 더더욱 둘 사이에는 무아지경의 짜릿한 시간이 존재해야만 하기 때문이다.

바닥과 천장이 한 번 휙 하고 도는 것만 같고, 캄캄하던 머릿속에 연달아 폭죽이 터지는 것만 같은, 도저히 감당할 수 없는 밀물에 몸을 맡기는 것 같은 무아지경……. 이 매력적인 절정감을 어떻게 하면 쉽게 느낄 수 있느냐고 사람들은 내게 묻는다.

오르가슴을 느끼기 위해서 가장 중요한 건 '충분히 달아오르는 일'이다. '거칠게 밀어붙이기만 하니까 기분이 좋기는커녕 너무 아파요. 솔직히 섹스를 왜 하는지도 모르겠어요' '저는 아직 기분이 좋은 정도인데 그는 이미 사정을 해버리고 난 뒤예요'라고 말하는 여자들의 두 가지 공통점은 충분히 달아오르지 못했다는 것, 그러므로 오르가슴을 느끼기가 매우 힘들게 되어버린다는 것이다.

남자는 성적 자극을 받으면 단 몇 초도 걸리지 않아 삽입할 준비가 끝나버리지만, 여자는 뜨겁고 섬세하고 애정 어린 애무를 충분히 받아야만 비로소 뜨거운 인터코스를 위한 준비가 완성된다. 충분히 애무받지 못하면, 온몸이 성적으로 충분히 흥분하지 못하면 여자는 극치감을 느낄 수 없는 것이다. 즉 남녀의 성 반응은 애초에 다르게 설계되어 있다. 이것을 이해하지 못한 남자와 여자가 만나 성급히 삽입의 단계로 넘어가버리니 남자는 사정하고, 여자는 도대체 어디에서 쾌감의 포인트를 찾아야 하는지 알 수 없게 되어버리고 마는 것이다. (자위를 해본 경험이 있다면 자신의 쾌감의 포인트를 알게 되는 데에 훨씬 유리해진다. 자위할 때만큼 자기 몸에 집중하는 순간도 없으니까.)

'이 정도면 됐을 테니까' 남자가 알아서 삽입하는 것이 아니라, 여자인 당신이 '충분히 성적으로 달아오르고 흥분해 이제는 정말 삽입하고 싶어 미칠 것 같은 기분이야'라고 느낄 때 삽입을 결정한다면 오르가슴을 느낄 확률은 수직상승하게 된다. 이렇게 여자의 몸이 충분히 달아오르고 질 윤활액이 충분히 분비되면 오르가슴을 느끼기까지 걸리는 시간도 확실히 줄어들게 마련이고, 동시에 오르가슴을 느끼기도 훨씬 수월해진다. 남자가 조루 증상을 겪고 있다 해도 두 사람 모두 제법 만족을 느끼기도 쉬워진다.

하지만 '충분히 달아오르는 일'이 말처럼 그리 쉬운 것은 아니다. 여자의 몸을 잘 만질 줄 모르는 서툰 남자들이 이 세상엔 너무 많으니까. 애무는 대충해도 언제나 여자가 남자와 함께 절정에 오르는 포르노에서 섹스를 배운, 삽입 위주의 섹스가 정답이라고 믿는 남자가 너무 많으니까. 하지만 그가 서툰 남자인 채로 살아왔던 건 그저 그의 문제였을 뿐이겠지만, 그가 당신의 남자가 된 순간 그의 서툰 실력은 그의 문제이자 동시에 두 사람의 문제가 된다. 당신은 그와 지속적이며 뜨거운 소통을 해야 하는 사람이고, 그의 스킬이 문제가 된다면 당신도 그 문제에서 자유로울 수 없다.

그러므로, 오르가슴을 느끼기 위해 필요한 두번째 항목은 당신이 스스로의 몸에 대해서 자연스럽게 설명할 수 있는 능력이 되겠다. 등의 한복판이 가려워 그에게 '좀 긁어줘'라고 말하고 싶다면, 어떻게 말하는 것이 적당할까? '등이 좀 가려운데 아무데나 그냥 대강 긁으면 돼'라고 말할까? 아니라면 손가락으로 가리키며 '여기 부근인데 손톱으로 좀 힘주어서 긁어줘. 아니아니 거기 말고, 조금 왼쪽 위'라고 정확히 원하는 것들을 이야기할까? "가슴을 좀더 빨아줘" "클리토리스에 키스해주는 거 너무 좋아. 그 부분을 혀로 톡톡 쳐봐. 기분이 점점 더 좋아질 것 같아'" "삽입하기 전에 질에 손가락 넣어줄래?"라고 자신이 원하는 감각에 대해 이야기하는 것은, 자신의 감각을 사랑하고 그와의 뜨거운 합일의 시간을 소중하게 생각하는 여자라면 당연히 해야만 하는 일이다. 내가 원하는 것을 자연스럽게 이야기할 수 있다면, 그도 자신의 욕구에 대해서 좀더 열린 마음으로 이야기하게 된다. 아무 말도 하지 않으면 무엇도 바뀌지 않지만, 내가 변화하면 상대방도 변하게 마련이니까.

지금까지 민망해서 말하지 못했다면, 갑자기 '이렇게 해줘, 저렇게 해줘' 하는 것이 어색할 수도 있다. 갑자기 무언가를 요구하는 당신을 그가 받아들이기 힘들지도 모른다. 그러다 자칫, '난 지금까지 사실은 제대로 느낀 적이 없어'라고 당신이 말하기라도 하는 순간 그와의 관계 자체가 소원해질 가능성도 있다. 지나치게 설명적으로 원하는 것을 말하기보다는 자연스러운 매너가 필요해지는 지점이 바로 여기다. 자신이 이상적으로 생각하는 장면들이 많이 담겨 있는 포르노를 함께 보면서 '아 저런 것 해보면 너무 좋을 것 같아'라고 은근히 취향을 알려주는 것도 좋고, 당신이 원하는 터치나 자극과 비슷한 것을 그가 시도했을 때 신음 소리나 몸의 움직임을 통해 좀더 적극적으로 쾌감을 느끼고 있음을 표현하는 것도 중요하다. 사람마다 성적 자극을 느끼는 부위는 달라도 너무 다른데, 단지 두 사람이 사랑하게 되었다는 이유만으로 자연스럽게 성감대의 지도를 파악하게 되는 일이란 일어나지 않는다. 세상에 없던 행성을 만난 것처럼, 탐구자의 자세를 기억하는 것이 참으로 중요하다.

아, 그런데 그걸 빼먹을 뻔했다. 이 모든 것이 가능하기 위해서 가장 중요한 조건은 바로 당신이 몸의 대화를 나누려고 선택한 그 남자가 '썩 괜찮은 남자'여야 한다는 것이다. 테크닉이나 성기의 사이즈에 대한 이야기를 하는 게 아니다. 자신이 별로였을 수도 있다는 걸 인정할 수 있는 남자, 당신의 은밀한 취향 이야기에 귀를 기울이는 남자, 자기 페이스대로만 가지 않고 당신과 끊임없이 소통하는 그런 남자여야 한다. 제아무리 휘황찬란한 테크닉과 엄청난 사이즈를 가진 남자라 해도 귀를 기울이지 못하는 남자, 자기 페이스대로 가는 남자라니. 상상하기도 싫은걸.

너와 나의 행성

이야기하고 싶은 사람이 되는 가장 쉬운 비결은 뭘까.
유머러스한 사람이 되는 것?
풍부한 화제를 가진 사람이 되는 것?
유머러스하고 풍부한 화제를 가지면 물론 좋겠지만
가장 중요한 것은 '이 사람은 무엇을 물어봐주면 가장 즐거워
할까?'를 생각하는 사람이다.
누구든 자신에 대해 이야기하길 원하지만
그 기회가 좀처럼 열리지 않기 때문이다.

호감의 기술은 결코 복잡하지 않다.
그 누구도 하지 못했던 아름다운 질문을 건네는 것.
그리고 그 대답을 빛나는 눈으로 들어주는 것.

타인의 불행을 통해 자신의 상대적 행복을 확인하고,
타인의 행복을 순수하게 축하할 자신이 없는 사람.

당신의 눈물에 유난히 반응하는 사람을 조심하라.

생각하는 대로 말하게 되고,
말하는 대로 행동하게 되는 법이라는데,
우리가 내뱉은 그 잔인한 말들은 다 어디로 가는 것일까?

말이라는 것이
육신이 있어 사람처럼 어디론가 여행을 하는 상상을 해보면,
그 잔인한 말이 긴 여행 끝에
결국 자신에게 돌아오는 장면으로 이어지게 마련이다.

강변북로

서쪽에서 동쪽으로 차를 타고 강변북로를 달릴 때마다 읊조
렸다.
"강 앞에 으리으리한 아파트가 이렇게 많다니, 정말 돈 많은 사
람 많다. 부러워……."
함께 차에 타고 있던 친구는 내게 이렇게 말해주었다.
"고개를 돌려 반대쪽을 보렴. 그럼 아름다운 도시의 야경이 보
일 거야……."

으리으리한 아파트를 보며 한숨을 쉬는 삶을 살 것인가. 아름
다운 야경을 보며 미소짓는 삶을 살 것인가. 그날 밤, 한강은
나에게 묻고 있었다.

혼자 어디론가 갈 때는 내가 운전을 한다. 하지만 나의 차를 타고 그와 내가 함께 이동할 때는 그가 운전을 한다. 나는 내 운전 실력을 꽤 믿고 있고 오 년간 사고 한 번 내지 않았지만 언제나 함께 있을 때 운전석에 오르는 것은 그의 일이 된다. 아마도 그건 운전 경력으로 따지든, 테크닉으로 따지든, 공간 감각으로 따지든, 내가 그에 비해 부족하다고 우리 둘 모두 생각하기 때문일 것이다.

그런데 참 재미있는 건, 그가 늘 내가 앉던 자리에 앉고 나는 조수석에 앉는 순간부터 달라지는 '뷰'라는 것이다. 질주하는 도중 불현듯 빨간색으로 바꾸어버리는 신호등이 주는 당혹감도, 예고 없이 돌진하듯 끼어드는 옆 차선의 무법자도, 내가 운전석에 앉아 있을 때와는 확연히 다르게만 보인다.
혼자서는 아무렇지 않게 대처하던 일들이 운전대를 놓고 옆자리에 앉는 순간 두려움의 대상이 된다는 것. 운전대를 잡고서 씩씩하던 나는 옆자리로 가는 순간 무기력한 조바심에 빠져든다. 빨강 신호등이 보여도 밟을 브레이크가 없고, 끼어드는 무법자에게 눌러줄 클랙슨이 없는, 애초에 그렇게 될 수밖에 없는 일이니까. 몸은 편안할지 몰라도 마음은 썩 편치 않은, 조수석에 앉아서 간다는 일.

종종 여자의 불행한 결혼은, 전에 타던 차보다는 제법 좋은 차를 타게 되었지만 그 차의 조수석에서 남자의 불안한 운전을 지켜보는 일에 비유할 만하다. 모든 면에서 안락해지기를 기대했고, 모든 불안정함으로부터 탈출하기를 염원했지만 오히려 더 큰 불안에 시달리게 되는 일.

'너의 큰 울타리가 되어줄게'라는 로맨틱한 말에 미혹되어 나의 작은 차의 운전대를 놓고 다른 차의 조수석에 성급히 올라탔던 어린 시절의 나를 기억한다. 그리고 생각한다. 가끔은 내 비게이션조차 잘못 이해해 목적지로부터 멀어지는 길에 들어서고, 가끔은 주차를 못해 이 칸 저 칸에 차의 머리를 들이밀다 시간을 낭비할지라도, 누가 뭐라든 내 스스로의 울타리를 먼저 단단하고 견고하게 만드는 일에 대해.

매연을 내뿜는 버스와 트럭들로 가득한 강남 교보 사거리에서
옆에 한 여자를 태운 채 창문을 활짝 열고 담배를 피우다
창밖으로 타다 만 꽁초를 스르륵 버리는 한 남자를 봤다.

어떤 사람은 작은 행동 하나만으로
'미래가 궁금하지 않다'는 느낌을 준다.

나의 자동차에 오를 때 그런 생각을 한다.

'이 차는 절대 모두에게 최고의 차는 아니겠지만 내가 중요하게 생각하는 사양을 많이 갖고 있고 내가 편안하게 운전할 수 있으니까 나에게는 최고의 차야. 더 비싸고 멋진 차는 많겠지만 난 더이상 그런 차가 궁금하지도 간절하지도 않아.'

나와 결혼할 사람을 선택할 때 그런 생각을 하겠지.

'이 남자는 세상 모두에게 최고의 남자는 아니겠지만 내가 중요하게 생각하는 부분들을 많이 갖고 있고 내가 편안하게 함께 지낼 수 있으니까 나에게는 최고의 남자야. 더 잘난 남자는 많겠지만 난 더이상 그런 남자가 궁금하지도 간절하지도 않아.'

내가 원하는 남자는,
낮에는 노선대로 다니는 버스처럼, 예측가능한 남자.
밤에는 부드럽게 시동을 걸지만 거칠게 돌변하는 택시 같은 남자.

비가 주룩주룩 내리는 날에는
제동거리가 길어져.
그러니 급정거를 하는 것은 위험해.

마음에 비가 주룩주룩 내리는 날에는
감정의 제동거리도 길어져.
조금만 화내고 말 것도
완벽히 분노해버리곤 하거든.
급정거하지 않도록
마음이 움직이는 속도를 지켜보아야 해.

야밤의 달빛 드라이브

회사에서 일하다 화가 머리끝까지 나면 '아 진짜 차라리 머리 깎고 산골짝에 들어가서 살고 말지'라고 중얼거릴 때가 있다.

하지만 바로 다음 순간 거울 앞에서 '그렇지만 이 긴 머리를 자르긴 싫은데……'라며 머리카락 한 올도 포기할 수 없는 나를 보게 되는 것이다.

머리카락 하나도 포기할 수 없는 중생이여.
네가 뒹굴 곳은 그저 더러운 진흙탕, 이곳뿐이어라.

좋은 사람들과 웃고 보낸 하루는 짧기만 하다.
싫은 사람과 억지로 버틴 한 시간은 영원처럼 길다.

행복하다고 느낀 그 순간,
소리를 내어 '아 행복하다'고 말해야 하는 까닭.

이틀간의 휴일을 약속받는 금요일 저녁은 뭐랄까,
은근히 뿌듯하면서도 서글픈 시간.

'당신은 이 회사에 꼭 필요한 사람이에요'라고 말해주는 회사,
'당신은 나에게 꼭 필요한 사람이에요'라고 말해주는 연인.

어쩌면 이것은 쓸쓸한 금요일 저녁에 우리가 원하는 전부.

"아휴, 정말. 아프다고 했잖아! 아프다고!"
외마디 비명을 지르며 그 남자에게서 몸을 뗀 것은 순간이었다. 성의 없이 이어지는 기계적이고 조급한 터치. 조금은 부드럽게 말해도 좋았을 것. 그래봐야 알량한 살갗의 통증일 뿐이지만, 이 노련하지 못한 테크닉의 소유자를 위해 그것조차 참아주고 싶지 않다는 짜증이 몰려왔다. 그리고 그 짜증을 부리고 얼마 지나지 않아, 우리는 헤어졌다. 예정된 수순이었다.
생각해보면 아마 서른 살 때부터였던 것 같다. 몸을 섞을 때 조금이라도 서툰 기운이 보이는 남자를 기피하게 된 것은. 부드럽게 온몸을 어루만지고 키스하고, '그곳'을 사랑스럽게 다룰 줄 알고, 두 사람의 몸이 리드미컬하게 화합하도록 잘 이끌 수 있는 남자와, 섹스를 하고 싶은 건지 힘자랑이나 단거리 경주를 하고 싶은 건지 알 수 없는 남자 사이의 간극이 크다는 결론을 내린 것이 그때쯤이었기 때문일 거다. 내 몸을 다룰 때 쭈뼛거리거나 늘 정해둔 룰대로만 섹스하려는 남자에게는 쉽사리 흥분조차 할 수 없었다. 침대 위에서 노련하다는 것은, 완벽한 연애와 섹스를 위해 내게 가장 중요한 조건이 됐다. '이쯤 됐으면

서툰 남자한테 가르쳐주면서까지 섹스하고 싶진 않아'의 마음이었달까. 사랑도 사랑이지만, 그렇게 섹스는 내게 점점 테크닉의 문제가 되어갔다.

그런데 〈세션:이 남자가 사랑하는 법〉이라는 영화를 보고 나서 나는 혼란을 느꼈다. 머리 아래로는 움직일 수 없어 평생을 누워 살아온 한 남자, 그리고 그런 그에게 섹스라는 것을 가르쳐주는 한 섹스테라피스트. 달콤한 애무를 해주는 일도 격렬한 피스톤 운동도 가능하지 않은 그이지만 그는 섹스를 하고 벅찬 교감과 사랑이라는 걸 경험한다. 그리고 무려, 영화는 실화다. 테크닉의 문제로 섹스를 대하던 내 세계에서 이것은 '있을 수 없는 일'인데, 이것이 '이미 일어난 일'이라니 혼란스러울 수밖에. 테크닉이 서툰 정도가 아니라 거동이 불가능한 남자와 결국 벅차게 교감하는 헬렌 헌트를 보면서, 그만 나도 함께 울어버렸다.

철저히 개인화, 파편화되고, 조금만 발을 헛디디면 구제불능의 낭떠러지로 떨어질 것처럼 여겨지는 시대에 사는 것이 너무 피곤하고 위태로워 그런가. 섹스가 소통이고 애정의 확인이라는 걸 머리로는 인정하면서도 솔직히 그딴 건 잊고 그냥 순간의 쾌감에 몰입해 이 세상을 잊고 싶은 생각으로 가득한 섹스를 했던 것을 고백해야겠다. 내 옆의 그 사람을 온전히 하나의 존재로 받아들이려고 맘도 먹어봤지만 그가 먼저 경주마처럼 달려가 제풀에 나가떨어지기도 했으니 단지 내 잘못만은 아니라고 항변하고 싶기도 하다. 어쨌거나 우리의 섹스는 진실되지 못했다는 걸 인정해야 한다. 애정을 갈구한다 말하면서, 나는 그저 경주에 동참했던 것일까.

어떤 이에게 섹스는 평생 스포츠일 뿐이고, 또 어떤 이에게는 내내 귀찮은 의무밖에 되지 않으며, 또다른 이에게는 벅차기 그지없는 치유이고 소통이다. 어떻게 대우하느냐에 따라 각자의 삶에 꼭 그만큼의 파문을 남기는 섹스란, 언젠가 삶을 비추는 거울이 될 것이다. 사랑하는 사람과 내내 했던 것이 그저 스포츠였음을 백발이 성성해지고 나서야 깨달으면 그 억울함을 어쩌려나.

안 들려요

연애에 대한 조언이 무의미한 이유는
결국 자기 하고 싶은 대로 하게 되기 때문.

몸 을 사 랑 하 는 일

몸을 사랑하는 법을 몰랐을 때의 나는
나를 사랑하는 방법을 깨닫지 못했다.
몸을 사랑하는 일을 시작하고 나서야
나는 나를 사랑하는 일을 시작하게 됐다.

그러므로 자신을 사랑하고 싶은 사람이 해야 하는 일.
추상적이거나 관념적인 그 무엇으로부터가 아닌
숨이 들고 나는 이 육체로부터 시작하는 일.

언제부터였을까? '썸'이라는 것이 대단한 연애 풍경인 듯 사람들이 말하기 시작한 것이? 아직 서로에 대해 확신할 수 없고 또 상대방에게 고백부터 덥석 했다가는 거절당할지도 모른다는 두려움 때문에 애매한 감정을 주고받는 상태. 이전에도 쭉 있어왔고 앞으로도 있을 감정일 뿐인데 참으로 재미있게도 '썸'이라는 단어가 우리로 하여금 더 '썸'에 갇혀버리게 했다.

생각하는 대로 말하고, 말하는 대로 행동하게 된다는 말이 있던가. 썸을 '썸'이라고 부르기 시작한 때부터, 사람들은 외려 그나마 있던 용기마저 더 잃어버렸는지도 모른다. '썸 타고 있어'라는 말은 '고백했는데 거절당했어'라는 말보다 비참하지 않다는 이유로, 적어도 미지의 가능성이 있다는 이유만으로, 어쩌면 거절당할지 모를 고백을 섣불리 하느니 지금의 이 상태를 유지하는 것이 낫다고 판단하는 그런 것.

최악의 조합은 그저 썸 타는 것이 좋아서 썸만 계속 타려는 사람과, 상처받는 것이 두려워 마음을 고백하지 못한 채 주저하는 사람이 만나 '우리는 썸 타는 관계'라고 생각하는 것이다.

자기 자신밖에 사랑할 줄 모르고, 어떤 사람과 서로에게 중요한 관계가 된다는 것이 못내 두려운 사람에게 썸이란 참 좋은 핑곗거리이니까. 자신의 마음을 솔직하게 말하는 것이 자신의 가치를 떨어뜨리는 일이 될지도 모른다고 믿는 사람에게 썸이란 꽤 안전한 보호소 같은 것이니까. 두 사람은 함께 썸을 타고 있다고 생각하지만 그 '썸'이라는 것은 애초에 시작 지점부터가 달랐다는 것을, 슬프게도 그 관계가 끝이 나고 나서야 깨닫게 된다.

결론적으로 난 정말 썸이란 말이 싫다. 상처받고 싶지 않아 미적거리는 것이 트렌디한 것으로 여겨지고, 재채기처럼 도저히 참을 수 없어 터져나와버린 자신의 마음을 표현하는 것이 촌스러운 듯 여겨지는 것이 우습다. 무엇보다, 썸이란 단어 뒤에 숨어서 무엇도 감당하려 하지 않는 사람이 싫다. 줄곧 썸만 타는 사람보다, 깨질 때 깨지더라도, 타버릴 때 타버리더라도 자신의 속마음을 내보이는 일은 그 자체로 그저, 사람답다. 한 번뿐인 삶은 너무 소중하니까.

내가 강해지고 있다는 걸 느끼게 되는 연애도 좋지만
나의 가장 나약한 부분을 인정하게 되는 연애도 참으로 좋다.

그러니까 내가 가끔 나약한 모습을 보여줄 때
너는 조금도 비난하지 않고 다만 그것에 기뻐할 줄 아는 남자
이기를.

창의력이 부족한 남자 + 집중력이 부족한 여자.

다시 말하자면,
늘 하던 대로 하면 여자가 만족할 수 있을 거라고 생각하는 남
자 + 지금 내 느낌보다 남자의 기분을 더 신경쓰는 여자.

어렸을 때 내가 추구했던 사랑은, 이 사랑으로 인해 눈앞이 흐려져도 좋다고 생각되는 격렬한 감정의 상태였다. 판단이 마비되고, 이성은 저멀리 사라진 채 오직 열정만이 모든 것을 용서하던 그런 감정의 파도가 옳다고 믿었다.

하지만 지금 내가 추구하는 사랑은 그때와 완벽히 달라졌다. 눈이 밝은 두 사람이 만나, 서로의 눈을 더 밝혀주는 삶을 사는 것. 육체의 눈은 점점 더 어두워질지라도, 서로 마음의 눈을 밝혀주는 삶이라면 몇 날이 남아 있든 그 남은 날들은 충만할 것이 틀림없다.

나는 당신의 눈을 밝혀주고 싶어요.
당신도 그런가요?

성장 2

어렸을 땐
너만 사랑할게, 라고 말하는 사람이 좋았다.

하지만 이젠
이따가 전화할게, 이따가 들를게, 라고 말하고
그 말을 지키는 사람이 좋다.

예측할 수 있게 해주는 것,
소소하게 배려하는 것,
그런 게 사랑이니까.

"정은씨, 이 동작을 꾸준히 하면 지금보다 훨씬 섹시한 팔뚝라
인을 만들 수 있어요."
매일 아침 나와 운동을 함께하는 트레이너가 어려운 동작을 설
명하며 내게 이렇게 말했다. 섹시한 팔뚝 라인. 지금의 군살은
사라지고 근육은 적당히 붙어 한결 탄력 있어진 팔을 말하는
것이겠지. 졸린 눈으로 운동을 하다 섹시한 팔뚝이라는 단어에
나도 모르게 잠이 달아나버렸다. 섹시라는 단어가 갖고 있는
마력, 그리고 그 파워라니.
그런데 그 순간 의문이 들었다. 어째서 건강한 팔뚝이라거나
탄력 있는 팔뚝, 군살 없는 팔뚝이라고 하지 않고 섹시한 팔뚝
이라고 하는 것일까. 언제부터인가 '섹시하다'는 단어가 여타의
의미들을 뭉뚱그리고 다 삼켜버린 것 같단 생각을 했다. 예능
프로그램엔 다섯 살짜리 아이가 나와 섹시댄스를 추고, 메이크
오버 프로그램엔 부인에게 더이상 섹시한 매력이 없다며 대놓
고 이혼을 종용하는 남자를 보는 것이 특별할 일이 아닌 세상.
섹시하다는 것은, 사회적 인간이 마땅히 가져야 할 덕목이자
그 효과를 의심해서는 안 되는 종교가 되어버린 시대에 우리는

살고 있다.

하지만 지금보다 섹시한 여자가 되겠다는 굳은 결심보다 앞서야 하는 건 과연 섹시함이란 무엇일까, 하는 질문을 스스로에게 해보고 자신만의 정의를 내리는 것이 아닐까. 게슴츠레하게 반쯤 뜬 눈, 초콜릿 모양의 복근 같은, 미디어에서 추려놓은 진부하고 획일화된 섹시함의 징표들을 그대로 받아들일 것인지 그러지 않을 것인지의 문제는 결국 자신이 섹시함에 대해 어떤 정의를 내릴 것인지의 문제와 맞닿아 있다.

섹시함의 고전적인 의미를 설명하기 위해서는 선사시대까지 시간여행을 떠나야 한다. 오직 수렵과 채집에 의해서만 먹고사는 문제가 해결됐고, 아이를 건강히 낳고 길러 대를 이어가는 것이 삶의 이유였던 그 시절 인류는 짝짓기 상대를 고를 때 '사냥을 잘할 수 있을 만큼 건강한 몸인가, 아이를 잘 낳고 기를 수 있을 것인가'의 문제를 절대적으로 중요하게 여겼고 이것은 곧 상대의 매력을 판단하는 기준으로 정착됐다.

이왕이면 젊고 이왕이면 건강한 육체를 가진 사람을 더 매력적이라고 인식하는 것은 인류의 경험적 지식이 나에게 축적된 결과나 다름없는 것이다. 당신이 백화점에서 핫핑크 컬러의 립스틱을 사서 바르고, 수십만 원짜리 링클케어 크림을 구입하고, 스키니진을 입으며 하이힐을 신는 이 모든 행위는 지극히 사회로부터 학습된 행동 같지만 알고 보면 선사시대부터 내려온 생명과 에너지에 대한 갈망일 뿐이다.

물론 우리는 더이상 선사시대에 살지 않는다. 하지만 짝짓기 대상으로서 선택받아야 하는, 그 거대한 시장으로부터 도태되고 싶지 않은 현대의 남녀들에게 육체는 통제와 관리의 대상이 되었고, 그 통제의 기준은 이루 말할 수 없이 디테일하고 까다로워져버렸다. 섹시하고 싶은 욕망은 차고 넘쳤을지 모르지만, 정작 스스로를 긍정하는 에너지를 갖기란 더 어려워진 시대랄까. 섹시함에 대한 강박이 크면 큰 사람일수록, 오히려 생기발랄한 에너지를 찾기란 어렵다. 자신의 몸을 과도하게 통제하는 것이 아니라, 세상의 기준에 맞추지 못할까봐 걱정하는 것이 아니라, 맛있는 음식을 양껏 즐겁게 먹고, 숨이 턱에 닿을 때까지 치열하게 즐기는 운동이 두어 가지쯤 있는 삶이라면 44사이즈

따위 입지 못하고 군살이 좀 보인다 해도 충분히 섹시한 육체가 아닐까. 애인이 이 몸을 좋아해주지 않으면 어쩌지 걱정하는 것이 아니라, 자신의 몸이 제대로 달아오르는 방법을 잘 알고, 그렇게 한껏 달아올랐을 때 조금의 거리낌도 없이 그 몸을 활짝 열어 사랑하는 그와 결합할 수 있는 것이 바로 섹시한 몸이라고 말할 수 있지 않을까.

하지만 섹시함이란, 그런 몸의 문제에만 국한되지 않는다. 보여지는 몸만큼 중요한 것은 그 몸을 갖고 있는 사람의 애티튜드이기 때문이다.

얼마 전 미국 국무부의 리더십 프로그램에 초청을 받아 워싱턴과 뉴욕의 다양한 기업과 정부의 관계자들을 열다섯 팀 정도 만날 기회가 있었는데, 어느 순간부터 내가 주목하게 된 건 우리를 맞이하는 사람들의 당당하고 세련된 태도였다. 자신이 하는 일에 완벽히 몰입하고, 현재 추구하고 있는 일을 열정적으로 소개할 수 있으며, 상대방이 자신의 말을 잘 이해할 수 있도록 세심한 노력을 기울이는 그 모습에 나는 완벽히 매료되었고, 그럴 때마다 '이 사람은 어떤 사람과 사랑을 나누고 있을까?' 생각하게 만들었다. 그 사람들 중엔 분명 가벼운 비만인 상태의 사람도 있었고, 그리 매력적인 이목구비가 아닌 사람도 있었지만 자신감과 배려하는 태도 앞에서 약간의 군살이라든가 평범한 외모는 어느 순간 스르르 사라져 보이지 않았다. 누군가가 정해놓은 기준에 미치지 못할지라도 스스로 만들어온 그 가치와 시간들을 사랑하기 때문에 매순간 열정을 바쳐온 사람들에게서 발견되는 반짝임이란, 감히 말하건대 영혼의 힘이다.

그리하여 우리가 꿈꾸어 마땅한 진짜배기 섹시함이란, 몸과 영혼의 당당함을 잃지 않고 이 세상의 많은 사람들과 즐거운 교류를 계속해나가는 어떤 상태라고 나는 정의하고 싶다. 그것은 아주 커다란 룰 속에서 스스로를 자유케 하는 것이다. S라인을 만들어야 한다는 강박, 지금보다 이목구비가 또렷해야 한다는 강박, 외모가 더 나아지면 더 나은 사람이 될 수 있다는 강박, 그리고 섹시하지 않으면 안 된다는 강박으로부터 완벽히 탈출한 상태이다. 어쩌면 섹시함이라는 단어가 머릿속에서 완

전히 사라진 다음에라야, 우리는 진정 섹시함의 에너지로 가득
할 수 있는 것은 아닐까?

이 글을 쓰느라 몇 번이고 반복해서 섹시함이라는 단어를 썼
더니, 나야말로 섹시하다는 단어로부터 이제 그만 탈출하고 싶
어진다. 아, 불금이다. 나는 세상의 사람들과 교류하기 위해 지
금 당장 서울에서 가장 핫하다는 클럽으로 가야겠다.

엘리베이터 안에서

몇 년 전 라스베이거스로 출장을 떠났을 때 호텔 엘리베이터에 서 있었던 일이다.

어떤 백인 여자와 엘리베이터를 타고 내려가던 중, 엘리베이터 가 멈춰 섰고, 진한 향수 냄새를 풍기며 한 남자가 탔다. 나는 그저 속으로 '아니 대체 무슨 향수를 이렇게 진하게 뿌린 거야' 라고 투덜대는데, 순간 그녀가 그에게 말을 걸었다.

"와우, 너에게서 정말 좋은 냄새가 나는구나. 향수 뭐 쓰니?"

엘리베이터가 내려가는 내내 그 둘은 반짝이는 눈빛과 함께 대화를 주고받았고, 어쩌면 그 둘은 오늘밤에 시간이 괜찮다 면 1층 바에서 만나자고 약속했을지도 모른다.

자연스럽게 눈빛을 주고 자연스럽게 말을 걸고 자연스럽게 호 감을 표현하는 일이 대수롭지 않게 여겨진다는 것이 신기했다. 모르는 사람이 말을 걸면 일단 경계해야 한다고 믿는 '여기'와 모르는 사람도 얼마든지 말을 걸 수 있다고 믿는 '거기' 사이에 는 아주 넓고 깊은 강이 흐르는지도 모른다.

좋을 때 좋은 소리 하는 것은 아무나 한다.
싫을 때 싫은 소리 하는 것은 아무나 못한다.
그 말은 역으로,
싫은 소리를 잘하는 사람이 되는 것이
매우 큰 장점이라는 의미이기도 하다.

싫은 소리를 잘하고 싶다면 가장 중요한 건
그런 오판을 할 수도 있음을 이해해주는 것이다.
'그래, 나도 생각해보면 그런 실수를 했었어.'

또한 중요한 것은
분노를 '서운함'으로 바꿔 표현하는 것이다.
'어떻게 일을 이런 식으로 처리하니?'가 아니라
'기대가 컸는데 이런 식으로 처리하는 것을 보니 좀 실망스럽
다'라고 말하는 것이다.

"내가 예쁘고 사랑스러워서 선뜻 삶 속에 들이는 순간
당신은 이것이 사랑의 시작이라고 믿었겠죠.
하지만 귀찮은 문제를 일으키고, 힘들게 하고, 눈물을 빼게 만
들어도 그 존재를 감당할 수 있게 되는 순간
비로소 그 사랑은 완성되는 것이랍니다. 멍멍."

Q 노래 〈썸〉의 가사처럼 그와 서로 일어나면 문자로 아침 인사를 하고 자기 전에 '잘 자'라는 문자를 주고받았습니다. 그러던 그가 갑자기 우리 연락하지 말자고 합니다. 왜 그러는 걸까요?

A 수학용어 중에 '충분조건'과 '필요조건'이라는 걸 배운 적이 있으시죠? 이 사연은 필요조건과 충분조건 사이에서 착각을 한 사연이라고 보아도 좋겠네요. 일어나면 문자로 인사를 하고 자기 전에 문자를 주고받는 건 많은 커플들이 하는 행동이긴 하지만(즉 필요조건), 이런 일이 있었다고 해서 모든 남녀가 커플로 직행하는 건 아니죠(즉 충분조건은 아니라는 의미). 분명 두 사람이 서로를 가깝게 느꼈고 의미 있는 관계가 될 뻔한 것은 맞지만 그는 당신과 더이상은 가까워지고 싶은 맘이 없는 상태 같군요. 이유요? 당신에게 흥미가 없다는 것 외에 구체적인 이유를 알면 뭐가 더 좋겠어요?

Q 좋아하는 그에게 마음을 표현했더니 "너는 참 좋은 사람이야"라는 말이 되돌아왔습니다. 평소와 다름없이 행동하지만 그렇다고 저에게 사귀자는 말은 하지 않는 그, 무슨 뜻일까요?

A 주변 사람으로부터 '넌 참 좋은 사람이야'라는 말을 많이 듣지만 정작 그 어떤 누구와도 연인이 되지 못하는 사람들의 공통점이 있어요. 인간적으로는 정말 괜찮지만 자신의 짝으로 생각할 만큼 남자로서, 여자로서 특별히 끌릴 만한 이른바 동물적 매력이 부족하다는 점이죠. '좋은 사람'과 '좋아하는 사람'은 같을 수도 있지만 다를 수도 있다는 것을 기억하세요. 그는 당신을 어느 정도 '좋은 사람'으로 생각하지만 '좋아하는 사람'으로 삼고 싶은 생각은 없는 것 같네요.

Q 그녀와 몇 번 데이트를 하고 사귀자고 말하려는 찰나, 그녀에게서 "우리 쿨하게 지내자"라는 말을 들었습니다. 그녀에게 다른 남자친구가 있는 것도 아니고, 전화를 하면 잘 받아주는데, 여자친구가 되고 싶진 않대요. 영문을 모르겠습니다.

A 둘 중 하나일 수밖에 없어요. 그녀가 아직 그 누구와도 특별히 가까운 관계로 지내고 싶은 생각이 없거나, 몇 번 데이트를 하고 보니 아무리 생각해봐도 당신이 'Mr. Right'로는 느껴지지 않았거나요. 전자라면 시간이 지나면서 그녀의 생각이 바뀔 수도 있겠지만, 후자라면 전망은 그리 긍정적이진 못하네요. 사실 당신의 연락을 거부하지 않는 것을 보면 당신에게 부정적인 감정을 갖고 있는 것 같진 않지만, 당분간은 그녀에게 부담을 주기보다는 가끔씩 편하게 즐거운 시간을 보내는 정도로 관계를 이어가보는 것이 좋겠어요.

Q 소개팅 후 그녀에게 매일 연락을 하고, 일주일에 한 번씩 꼬박 다섯 번 만났습니다. 그러더니 갑자기 그녀와 연락이 닿지 않아요. 카톡도 읽지 않고 연락이 되지 않으니 신경쓰이네요. 그녀가 갑자기 이러는 이유가 뭘까요?

A 소개팅 이후에 다섯 번이나 만났으니 '이젠 본격적으로 사귀는 거구나'라는 생각도 하셨겠어요. 하지만 소개팅이라는 만남 자체가 그렇잖아요. '이 사람인가 아닌가'를 하루 안에 결정해야 하는 만남일 수도 있는 그런 것요. 두 사람 모두 최소한 '나쁘지는 않겠다'는 판단을 했기 때문에 다섯 번이나 만남을 가졌을 텐데, 그 다섯 번의 만남이 두 사람에게 아주 다른 결과를 가져온 것 같군요. 그녀는 '다섯 번을 만나봤지만 도저히 안 되겠다'는 결론을 냈을 가능성이 높은 상황이지만 확실한 사실을 알고 맘이라도 편안해지고 싶다면 주선자를 통해서 그녀의 생각을 알아보세요.

Q 친구들의 모임에서 우연히 만난 그와 눈이 맞았습니다. 처음에 불타오를 땐 좋았는데 슬슬 어긋나는 느낌이 들어요. 하지만 그와의 섹스가 너무 좋아서 그만 만나자는 말을 하는 것이 고민됩니다. 상처주지 않고 밀어낼 수 있는 방법은 무엇일까요?

A 섹스는 잘 맞지만 그다지 성격이나 취향이 맞지는 않는다면 아마도 만나는 시간 내내 그다지 행복하다는 느낌을 받기 힘들었겠군요. 밀어내고 싶다면 밀어내야죠. 하지만 먼저 밀어내면서 상처주지 않는 방법까지 생각하는 거, '고양이가 쥐 생각하는' 전형적인 경우 아닌가요? '생각해봤는데 우리는 잘 맞지 않는 것 같아'라는 말이면 충분하죠. 그런데 너무 큰 걱정은 하지 않으셔도 될 것 같아요. 당신이 '섹스는 맞지만 자꾸 어긋나서 싫어'라고 생각한다면 그도 당신에게 비슷한 생각을 가지고 있을 가능성이 매우 높으니까요. 슬슬 어긋나는 느낌을 견디지 못하고 별다른 노력을 하려고도 하지 않은 채 헤어짐을 생각하는 당신에게 그가 절절한 운명적인 사랑이라고 느낄 리가, 글쎄요, 있을까요?

Q 경험 없는 남자친구 때문에 고민이에요. 남자친구는 관계를 가질 때면 굉장히 적극적이긴 하지만 제 몸을 제대로 사랑해준다는 느낌이 거의 없죠. 저는 좋은 느낌도 제대로 갖지 못했지만 이런 사실에 대해 이야기하기도 쉽지 않고요. 어떻게 해야 할까요?

A 두 사람이 가장 격렬하게 그리고 가장 친밀하게 서로의 마음을 확인하는 몸의 대화, 우리는 그걸 섹스라고 하죠. 하지만 어떤 대화이든 상대방을 배려하지 않고 나 혼자서만 떠든다면 결코 유쾌할 수 없듯, 섹스 역시 상대방을 배려하는 것이 그 어떤 화려한 테크닉보다 중요한 것 같습니다. 현재의 남자친구에게 있어 섹스란 대화라기보다는 욕구를 해결할 수 있는 방법 그리고 호기심의 대상 정도가 아닐까 하는 생각이 드네요. 하지만 어쩌겠어요. 상대방이 대화에 미숙하다면 '나는 이렇게 대화하는 것이 좋아, 이렇게 대화하는 것이 어떻겠어?'라고 가르쳐줘야겠죠. 주변 사람에게 물어보라고 하거나 야동을 보라고 하는 방법보다는, 당신이 당신 스스로의 몸에 대해 설명하는 것이

전 훨씬 낫다고 생각해요. 그가 잘못된 정보를 알게 되어 또다시 당신이 고민하는 것보다, 당신이 어떤 것을 좋아하는지 명쾌하게 설명하는 것이 훨씬 효과적인 방법이 되지 않겠어요? 물론 쉽지는 않겠지만, 당신이 당신 스스로의 몸에 대해 그리고 당신의 취향에 대해 말하게 되는 순간 당신 역시 어떤 면에서 성장하게 된다는 것을 꼭 말해주고 싶네요.

Q 그와 저는 각자의 연인이 있는 채로 연애를 시작했어요. 서로의 연인을 버리고 정식으로 시작하기로 했죠. 저는 원래 남자친구와 헤어졌지만 그는 아직 여자친구와 헤어지지 않았어요. 배신감 때문에 지금의 연애를 계속해야 할까 고민이 됩니다. 어떻게 하면 좋을까요?

A 이 세상에 나란 사람이 유일하고도 소중한 존재로 느껴지는 연애를 할 수 있다면 얼마나 좋을까요? 하지만 어떤 사람들은 그저 달콤하고 짜릿한 만남 자체에 몰입되어 스스로가 유일한 존재가 되어보는 황홀한 경험을 포기하는 연애를 하기도 하는 것 같습니다. 바로 당신처럼요. 그와 당신은 처음부터 서로에게 유일한 존재가 되는 연애를 시작하지 않았어요. 한 사람을 곁에 두는 것만으로는 가슴의 공허함이 채워지지 않았는지도 모르죠. 어쨌든 시간이 지나 당신은 당신의 유일한 사람이 그가 되길 원하게 되었지만 안타깝게도 그는 당신이 자신의 유일한 여자가 되기를 바란다는 증거 같은 것이 눈에 보이지 않아요. 헤어지는 것이 당연한 관계를 고민하고 있는 스스로가

밉고 싫겠지만, 누가 당신보고 '당장 헤어지세요'라고 말한다고 해서 이 관계를 정리할 힘이 당신에게 있는지 저는 잘 판단이 서지 않네요. 스스로 마음에서 '이건 정말 아니야, 그만두자' 라는 결심이 설 때까지, 그저 오랜 시간이 걸리지 않았으면 좋겠어요. "이런 식으로는 너와 더이상 만나고 싶지 않아. 나에게 올 것이 아니라면 우리 그만 헤어지자"라는 말을, 그 말의 결과 가 어떻게 나오든 당신이 먼저 꺼낼 수 있을 때까지 당신이 많 이 상처받지만 않았으면 좋겠고요. 자기 자신을 사랑하지 않으 면서, 상대방에게 나를 사랑해달라고 요구하는 일의 결말은 슬 프지만 결국 비극이 될 수밖에 없어요.

야 수 같 은 남 자

"당시 스무 살 언저리에 있던 나와 그리고 내 또래들에게, 당신은 말하자면 처음으로 섹스라는 걸 해보고 싶다는 생각이 들게 한 남자였어요."

조금은 이상하고도 야릇한 고백 같은 말을 선명한 햇살이 들어오는 카페에서 어떤 사십대 남자에게 해버렸다. 얼마 전, 영화 〈신세계〉의 시사회를 앞두고 배우 이정재를 인터뷰하기 위해 만난 자리에서 내가. 결국 하고 싶은 얘기는 '그런데 왜 〈정사〉 같은 멜로 영화는 안 하는 거예요? 그때 정말 죽여줬는데'였지만, 어쨌든 질문지란 섹시할수록 좋은 거니까.

농밀하고 무르익었지만 이젠 늙어갈 일밖에 남지 않은 여자를 사랑하는, 펄펄 끓는 이십대의 육체를 가진 '우인'으로 분했던 그는 담담한 목소리로 〈정사〉 당시 자신의 마음을 이야기해주었다. 〈정사〉에서 그가 보여준 것은, 단지 이십대 모델 출신 남자의 번듯한 육체가 아니었다. 오락실에서 과학실로 옮겨지며 금지된 사랑을 즐기는 남녀의 일탈만도 아니었다. 이십대이든 사십대이든, 결국은 늙어 죽어갈 수밖에 없는 운명을 타고난 우리들 모두를 상대 배우인 이미숙에게 이입하게 만드는 힘이 그에겐 있었다. 그저 스물한 살일 뿐이었던 내가, 영화 속 이미숙을 질투하며 가슴 한켠이 화르륵 달아올랐던 기억이 지금도 또렷한걸.

악마가 지금의 내 젊음을 가져가도 좋으니, 나는 당장이라도 '이정재 같은 남자와 자는 이미숙'이 되고 싶었다. 과학실에서 그리고 오락실에서, 다시는 같은 장소에서 하는 것이 가능하지 않을 그 즉흥적이며 불안한 섹스를 내 인생에서 해보는 날이 올까 나는 적잖이 궁금했다.

그렇게 내 은밀한 판타지 속에 존재하던 '우인'은, 영화 〈신세계〉에서 음모와 배신 사이에서 시한폭탄 같은 삶을 사는 경찰 '자성'으로 분한다. 영화 속에서 사십대까지는 아니지만 아마도 삼십대 중반쯤이 되었을 그에게서는 더이상 촉촉하고 알 수 없는 우인의 눈빛 같은 것은 없다. 고단함과 긴장, 가족에 대한 책임감과 후회 같은 것들로 인해 건조하고 피폐해진 영혼이 눈빛으로 투사될 뿐이다.

영화를 보면서 그런 상상을 했다. 어쩌면 브라질로 떠났던 '우인'은 '자성'이 되어 한국에 돌아와 저렇게 변해버렸을지도 모른다는 상상. 이십대의 '우인'처럼 즉흥적이고 영혼을 온통 불사를듯 뜨거운 섹스를 하던 남자도, 결국 사십대가 되어가면서 자신이 정말 원하는 섹스가 무엇인지 서서히 잊어가게 되는 것이 아닐까. 사랑이 전부라고 믿었던 남자라도 현실의 무게에 짓눌리는 순간 자신의 고유한 섹시함을 잃고 그저 생의 쳇바퀴에 매몰되어버리는 것이 아닌가 하는 생각에 문득 슬퍼졌다.

어쩌면 그것이 다 사람 사는 방식인지는 여전히 잘 모르겠지만, 마흔이 넘은 이정재가 여전히 섹시하기라도 하지 않았다면 내 한숨은 훨씬 더 깊었을 것이다. 일이나 사적인 모임을 통해 사십대 남자들을 이래저래 많이 만나게 되는데, 그 남자들에게서 어김없이 갈증과 갈급이 엿보이는 것은 바로 이 때문이라고 나는 생각한다. 중앙시베리아고원을 거침없이 뛰어다니다가 동물원 우리를 뱅글뱅글 돌아다니는 신세가 되어버린 호랑이에게서 봤던 바로 그 눈빛. 그러니 여자들이여, 그 남자의 야수성을 존중하는 여자만이 사랑받을 것이다. 또한 남자들이여, 당신의 야수성을 부정하지 않는 남자만이 평생을 두고 매력적일 것이다.

한마디로, 난 야수 같은 남자가 좋다.
아, 특히 침대에서 말이다.

옷가게에서 우리가 원하는 것

어떤 옷가게에 가면 확실히 불편하다.

숨 돌릴 틈도 없이 '특별히 찾으시는 것이 있나요?'라며 백번쯤 했을 말을 똑같이 묻고 한 걸음 한 걸음 옮길 때마다 1.5미터 정도의 간격을 두고 끊임없이 따라붙는 점원의 존재. 옷걸이에 걸린 옷을 뒤적거리다 간혹 옷의 간격이 흐트러지면 부리나케 달려와 원상태로 돌려놓느라 바쁜.

또 어떤 옷가게에 가면 확실히 서운하다.

뭔가를 사고 싶다는 생각으로 들어갔지만 아무도 눈길을 주지 않고 '이것 좀 보여주실 수 있나요?'라고 물어도 심드렁한 표정으로 다가오는 점원의 존재. 어차피 사지도 않을 거면서 물어보지 않았으면 좋겠다는 그런 표정으로, 옷을 입어보았는데도 별다른 반응이 없는.

내가 불편함을 느끼지 않을 정도로 가까이에 있지만 부담스럽게 다가와 거북한 질문을 던지는 일 따위 없이, 내가 도움을 요청하면 기꺼이 다가와주고 나의 선택에 평가가 아닌 조언을 건네주는 그런 존재.

옷가게에서 우리가 원하는 것은
연애할 때 우리가 원하는 어떤 것과
아주 많이 비슷하다.

집을 갖고 있는
직업이 좋은
집안이 훌륭한 남자와
결혼하는 것.

나의 건강
충분한 수입
괜찮은 잠자리 파트너가 있기에
결혼이 꼭 필요한가,
라고 되묻는 것.

"그냥 크게 어려움 없이 좋은 집안에서 사랑받고 자란 남자면 좋겠어. 사랑을 제대로 받아본 남자가 사랑을 잘 주기도 하고, 가족이 중요하다고 믿는 남자가 자기 가족에게도 잘하는 법이거든." 서른 살 언저리의 여자 넷이 모여 어떤 남자가 좋은 남자일까 대화를 나누다 한 명이 그리 말했다. 나머지 세 명은 누가 먼저랄 것도 없이 고개를 끄덕거렸다.

어떤 사람이 이상형인지를 두고 시시한 대화를 나누다보면 꼭 나오는 주제가 바로 '가정환경이 좋은 남자'에 대한 것이다. 특별히 부족할 것 없는 집에서 태어나 충분한 사랑과 좋은 교육을 받은 남자에게 끌린다고 답하는 여자는 이전에도 많았고, 지금도 여전히 많아 보인다. 안정적인 관계를 만들어가는 것을 관계의 중요한 포인트로 생각하는 사람에게, 상대방이 지내온 시간이 '안정적'인 것이었는지의 여부는 중요하지 않을 수 없을 테니까.

이왕이면 더 좋은 짝이길 바라는 당연한 욕구는, 이왕이면 더 좋은 환경에서 안락하게 자라난 사람을 원하도록 우리의 마음을 움직이게 하는 것이다. 모든 조건이 유사하다면 가난하고 박복한 집에서 힘들게 자란 남자보다, 유복하게 사랑받으며 자란 남자를 더 좋아하지 않을 여자는 없다.

그런데 상대방의 가정환경을 볼 수밖에 없는 건 단지 '안정적'에 대한 갈구 때문만은 아니다. 불안정한 유년기나 청소년기의 경험이 성인이 되어서 어떤 식으로 그 사람의 정서적인 부분에 영향을 끼치는지에 대해서 지금껏 수많은 정신분석학자들이 증명하고 또 분석해오지 않았던가. 어린 시절 심리적 압박이나 정서적으로 큰 상처를 받았을 경우 대인관계의 문제를 더 자주 겪고, 연인 간 애정을 주고받는 데에도 문제가 생길 우려가 있다는 건 이제 상식이 되었다.

확률의 문제로 따진다면, 분명 안정적이지 못한 가정에서 성장한 사람은 후에 문제를 일으킬 가능성이 높은 것이 사실이라는 데에 반대할 사람은 많지 않을 거다. 분노 조절의 장애를 가진 아버지 밑에서 성장한 아들이 분노를 잘 조절하지 못하는 남자로 성장할 가능성은 분명히 높다. '가정환경을 보고 사람을 선택해야 한다'는 말은, 그리하여 언젠가부터 하나의 경구가 되어버린 세상이 됐다.

가정환경을 봐야 할 이유는 하나 더 있다. 부모님 세대까지만 해도 그저 허리띠 졸라매고 돈을 모으거나 그냥 열심히 공부를 하면 어느 정도의 계층이동이 가능했지만, 이제 우리 세대부터는 아무리 열심히 모으고 공부를 해도 계층이동이 가능하지 않을 거라는 사회학자들의 분석이다. 애초에 부자였던 사람들은 여전히 부자이지만, 애초에 가난했던 사람들은 그냥 계속 가난한 것 말고는 답이 없는 세상.

결국 사회 전반적인 불확실성은 강해지고 그에 반해 계층 간의 벽은 더욱 높아져버렸기 때문에, 결혼은 자신의 사회적 위치를 상승시킬 수 있는 마지막 기회가 되어버렸다. 사실상 극심한 경쟁에 내몰린 한국적 자본주의 환경에서 '가정환경을 본다'는 말은 어쩌면 '그 사람 집의 재정적 상태를 본다'는 말과도 크게 비껴가지 않는다.

하지만 가정환경을 보는 것은 그 자체로 그저 좋은 일이기만 할까? 자신이 선택한 무엇이 아니라, 자신이 도저히 선택할 권한조차 없던 일로 한 인간이 재단당해도 좋은 것일까? '이왕이면 좋은 가정의 사람이었으면 좋겠다'는 생각이 존중받아 마땅하다면, 나 역시 또다른 누군가에게 '가정환경이 생각보다 별로'라는 이야기를 듣는 것을 받아들여야 할지 모른다. 이왕이면 돈이 더 많은 사람을 만나겠다는 당신의 욕구는 존중받아 마땅하지만, 그 이유로 당신은 당신의 통장 잔고에 의해 거절당하는 존재가 될 수 있다. 나도 감당할 수 없는 잣대를 타인에게 들이미는 순간, 우리는 더이상 명쾌하게 살 수도, 명쾌하게 사랑할 수도 없게 되기 때문이다.

당신을 뜨겁게 사랑하지만 가정환경이 별로인 A에게 이별을 고하고 B를 선택했지만, 정작 B가 단지 당신의 가정환경이 별로라는 이유로 당신과의 만남을 끝내려고 한다면 당신은 그때 무슨 말로 스스로를 변호해야 할까? 모든 법칙엔 예외가 있는 법이라며 스스로의 가치를 그에게 설득해야 하는 걸까?

가정환경은 썩 나쁘지 않았고 분명 따스한 사랑을 받고 자랐겠지만, 모든 남자들을 적대시할 만큼 빈곤한 자존감으로 툭하면 여자친구를 의심하다 결국 헤어짐을 당한 한 남자를 알고 있다. 비록 경제적으로 풍족한 집에 태어나지 못했지만 어

떤 순간에도 인간에 대한 예의를 잃는 법이 없었던 다른 한 남
자도 알고 있다. 그래서 나는 '남자의 가정환경을 꼭 봐야 해'
라는 말에 좀처럼 동의하기 어렵다. 인간은 하나의 요소에 의
해 규정되지 않는 존재이고, 분명 어떤 이들은 진흙 속에 피어
난 연꽃처럼 자기 삶을 살아내기 때문이다.

어떤 집안에서 어떻게 자라난 남자이든, 자신이 선택하지 않았
으되 좋은 것을 타고 태어난 것에 대해 감사할 줄 아는 남자라
면 좋겠다. 자신이 선택하지 않았으되 나쁜 것을 갖고 태어났
다고 해도 낙담하지 않는 남자라면 더 좋을 것이다. 삶의 말랑
함을 먼저 배우는 것은 그저 때 이른 축복이지만, 삶의 고단함
을 애도할 수 있는 사람이 되는 것은 일생의 축복이다. 삶의 아
픔을 토대로 삶의 기쁨에 대해 논할 수 있는 남자를 알아보는
그런 여자가 흔치 않은 세상이니까. 그런 남자를 찾아내는 일
은 의외로 쉬울 수 있음을 여기에 밝혀둔다.

더 슬픈 일

쾌락의 호르몬이라는 도파민은 음악을 들을 때, 맛있는 음식을 먹어 포만중추가 자극될 때 분비된다. 음악 취향이나 식성이 비슷하면 관계가 가까워질 확률이 좀더 높고, 헤어지기 직전의 커플들이 함께 음악을 듣거나 맛난 음식을 잘 먹지 않게 되는 현상이 설명된다.

하지만 더 슬픈 것은, 이미 그 정이 다했는데도 불구하고 억지로 함께 공연에 가고, 억지로 요리를 하며, 억지로 식당을 예약하는 일.

가 능 한 두 가 지 위 로

사는 게 여간해선 마음같지 않아 우리는 자주,
위로가 필요하다.
마음을 담아 정갈하게 담아낸 따스한 음식이라든가,
타인의 뜨거운 숨결과 살갗이라든가.

아무튼
입으로 들어가고
숨으로 느껴지고
손으로 쓰다듬을 수 있는 그런 것들 말이야.

천천히, 오래, 깊이 먹고 싶은 밤

가짜 배고픔

한의원에 갔다.
가을이 시작되는 순간 식욕 조절에 어려움을 겪는
불가항력적 연례행사 때문이었다.

"가짜 배고픔에 속지 마세요. 배가 고프다는 느낌이 들 때, 물
한 컵을 마시며 15분만 참아보세요. 그렇게 해도 배고프다는
느낌이 전혀 사라지지 않았다면 그건 진짜 배고픔입니다. 그렇
게 했더니 배고픔이 사라졌다면 그건 가짜 배고픔인 거고요."

어쩌면 외로움도 진짜 외로움과 가짜 외로움으로 나눌 수 있지
않을까.
그 외로움을 덤덤하게 받아들여본다면
어쩌면 외로움을 가장한 분노와 같은 다른 감정이었을 수도 있
다는 것을 알 수 있는데 말이다.

"같이 밥 한번 먹을래요?"

돌아보면 늘 그런 식이었다. 나의 거의 모든 연애는 같이 먹고 마시지 않겠느냐는 제안으로부터 시작되었다. 그가 먼저 끌렸을 땐 그가 내게 청했고, 내가 먼저 끌렸을 땐 내가 그에게 자리를 청했지만 그것은 아무래도 상관없었다. 그가 내게 청했을 땐 나 역시 그에게 청하고 싶은 상태였을 테니.

차 한잔 하자던 자리가 식사로 이어지고 술자리로 이어지면서 마음의 거리와 몸의 거리가 함께 가까워지던 그 기억. 여튼 배가 고픈 채 서로에게 빠지는 일 같은 건 여간해선 일어나지 않았던 것이다.

『미각의 지배』를 쓴 미국의 인류학자 존 앨런은, 남자들은 요리라는 것을 대할 때 기본적으로 성행위에 근거를 둔다고 말했다. 예쁘지도 않은 여자에게 훌륭한 식사를 대접하는 경우는 거의 없으며, 내놓은 요리에 대해 여자에게 자세히 설명하기보단 어떻게 하면 분위기를 잘 만들어서 그 여자와 하룻밤을 보낼지에 대해 더 관심이 많다는 거다. 그러니 아마도 "같이 밥 한번 먹을래요?"라는 그 남자들의 말이 그리 듣기 좋았던 것은, 그 안에 숨겨진 강렬한 욕정을 또렷이 읽었기 때문이었을 지도 모를 일이다. 이쯤 되면 식탁이란, 침대로 가기 전 두 남녀가 거치게 되는 가장 에로틱한 전희의 장소라고 말해도 좋은 것일까.

그런데 어디서 처음 만났든, 결국 식탁을 거친 후 침대로 향하게 되는 남녀의 행동을 뒷받침하는 과학적 사실도 있다. 바로 인간의 기본적인 욕구인 식욕과 성욕에 관한 것. 식욕과 성욕은 각각 식욕중추와 성욕중추에 의해 관장되는데, 이 두 중추의 간격은 겨우 1.5mm. 그래서 한 가지 중추에 자극이 오면 다른 한 중추 역시 영향을 받게 된다.

다만 남녀가 다른 것이 한 가지 있다면 남자는 상대적으로 배가 고플 때, 여자는 배가 부를 때 성욕을 느낀다는 것. 남자는 배고픔을 느끼는 부위가, 여자는 포만감을 느끼는 부위가 각자의 성욕중추와 더 맞닿아 있기 때문이다. 밥 한번, 술 한잔을 청하는 남자들의 말은 그러니 지극히 본능에 충실한 구애 행위였던 셈이다.

눈을 감은 채 그것의 향을 깊숙이 들이마시며 음미하는 것, 찬찬히 손을 뻗어 그것을 쥐고 입술 가까이 가져다대고, 마침내 입으로 넣는 것, 그리하여 행복한 듯 묘한 웃음을 흘리는 것. 식욕과 성욕이 뇌에서 함께 작용하듯, 음식을 먹는 것과 섹스는 닮아 있는 것이다.

그 본능에 충실한 구애 행위는 함께 둘러앉아 먹고 마시는 테이블 위에서 1차 정점을 찍게 된다. '그 모습을 눈으로 보고 잠시 탄성을 내뱉는다.' '먼저 코로 음미한 뒤, 입술을 가져다댄다.' '입을 열어 입속으로 가져가고, 그리고 다시금 탄성을 내뱉는다.' 단지 테이블 위에서 일어나는 일들을 글로 옮겼을 뿐인데 묘하게 에로틱해지는 건 이 두 가지가 떼려야 뗄 수 없는 관계에 있다는 증거가 아닐까. 그러니 식탁 위를 넘나드는 것은 단지 포크와 나이프가 아니라 방금 내온 스튜처럼 뜨거운 성욕이고, 갓 중탕한 초콜릿처럼 끈적이는 에로스이며, 입을 얼얼하게 만드는 살사소스처럼 강렬한 욕정이다.

존 앨런 역시 자신의 저서에서, 성행위는 음식을 먹는 행위처럼, 입술과 혀에서 시작해 하반신이 개입해야 끝난다고 표현했다. 이런 해부학적인 일치 역시 테이블 위의 에로스에 힘을 실어주는 요소일지 모르겠다. 음식을 먹을 때나 섹스를 할 때나 직접 개입하는 곳으로 혈액이 몰려 관련된 부위가 발갛게 부풀어오르고, 질척한 소리가 나는 것까지 비슷한 건 그저 나만의 상상일까?

어쨌든 이 더할 나위 없이 에로틱한 공간에서 여자는 포만중추가 활성화되어야 비로소 성욕이 더 강렬해진다고 하니 아마도 배를 적당히 채운 그후였을 것이다. 아마도 나는 여러 번, 야하디야한 상상을 했던 것 같다.

상상 하나. 테이블 위엔 함께 마신 와인이 두 병 정도 쌓이고 그와 나의 입술엔 보랏빛이 은근히 물들기 시작했을 때, 나는 그에게 얼굴을 가까이하며 물어본다. "내 입술도, 그쪽 입술처럼 보랏빛으로 물들었어요?" 발그레해진 얼굴의 남자는 내 입술을 더 자세히 보겠다고 다가오고, 누가 먼저랄 것도 없이 보라색의 두 입술들이 하나가 되는 그런 상상. 테이블 위에 얌전히 정리해두었던 와인병은 코르크와 함께 바닥에 뒹굴고, 그리하여 두 입술은 다시 본래의 색을 찾게 되는 그런 것.

상상 둘. 따스한 볕이 잘 드는 테라스에서 식사를 할 수 있게 꾸며진 교외의 한 레스토랑. 벨을 눌러 서버를 부르지 않는 이상 식사시간 동안 완벽한 프라이버시가 보장되는 그런 곳. 테라스에는 흰색 커튼이 안쪽과 바깥 공간을 완벽히 분할하고 있는 상황에서 내가 의자에 앉아 있는 그 위에 올라앉는 것. 그리고 아주 짧고 강렬한 정사를 나누는 것. 원래는 그렇게까지 하려고 한 것은 아니었지만 "나 오늘 사실은 팬티를 입지 않고 왔어"라고 내가 그의 귓가에 속삭이는 바람에 그렇게 되어버리는 것.

그리고 상상 셋. 인터뷰를 하기 위해 어떤 셰프의 플레이스에 가서 조금은 무미건조하게 대화를 하는 것. 그러다 촬영용으로 따라두었던 와인을 본 그가 "한잔하고 갈래요?"라고 내게 물어보는 것. 단둘이 홀짝거리던 자리에 친구들이며 지인들이 합류하게 되고, 예정보다 훨씬 더 취해버리는 것. 그러다 난 그 셰프에게 걷잡을 수 없이 이끌리고, 주방으로 향하는 미닫이문을 열고 들어가 그에게 '이쪽으로 올래요?'라고 문자를 보내는 것. 성큼성큼 그곳에 들어온 그 남자와 뜨거운 키스를 나누는 것.

몇 분이나 지났는지 알 수 없지만 한참 후에야 미닫이문을 열고 나가보니 사람들이 묘한 시선을 보내는 그런 것.

테이블 위에 잘 차려진 한 상을 보며 그런 생각을 한 적이 있다. 이렇게 먹고 마시는 모든 것은 땅과 하늘 바다에서 자라는 누군가의 몸이구나. 먹고 마시지 않으면 생을 부지할 수 없는 사람의 몸이기에 누군가의 몸을 먹어야 하는 것은 꽤 처절하고 절박한 일이구나. 그러므로 섹스란, 우리가 먹어버리고 싶을 만큼 강렬히 끌려 상대방을 취하는 최적의 방법일지도 모르겠구나, 하는 생각. 어쨌거나 성욕중추와 식욕중추를 붙여둔 신의 선택은 두고두고 곱씹어볼 만한 섭리가 아닐까 싶다.

섹스는 탄수화물에 대한 갈망을 줄여준다는 사실.
컬럼비아대 메멧 오즈 교수는 성적으로 흥분된 상태에서는 행복 호르몬인 옥시토신이 지속적으로 분비되기 때문에 열정적으로 섹스를 하면 식습관마저 바뀐다는 연구결과를 발표했다.
어떤 사람과 연애할 때, 유독 단것이나 파스타 혹은 밥을 많이 먹게 되었다면 그건 어쩌면 불만족스러웠던 섹스 탓이었을 수도 있다.

얼마 전 한 브랜드의 행사장에 갔다가 나는 마흔 살 중반쯤 되었을 법한 한 무리의 중년 남자들과 한 테이블에 앉게 되었다. 이런 일이 아니라면 함께 앉을 일이 자주 있진 않은 나이의 어떤 남자들. 참치 사시미 샐러드로 시작해 송이버섯을 넣은 크림 수프를 거쳐 호주산 안심스테이크로 클라이맥스를 찍고 마카롱과 진한 커피로 마무리되는 그 식사코스를, 그러나 나는 아쉽게도 끝까지 마치지 못했다. 그건, 같이 앉은 남자들 때문이었다.

식사가 나오기 전까지만 해도 그저 보통의 중년 남자들일 뿐이었던 그 남자들은, 서빙이 시작되자마자 어딘가 이상해지기 시작했다. 제법 딱딱한 바게트를 집어, 마치 사흘쯤 굶었던 사람처럼 입으로 직행시켜 온 사방에 바게트 가루가 다 흩날릴 정도로 터프하게 뜯어먹는 남자가 있는가 하면, 무릎 위에 올려둔 냅킨에 먹던 음식물이 좀 떨어지자 그것을 이내 옆자리에 앉은 내게 튈 정도로 탁탁 털던 남자도 있었다.

그 남자들을 물끄러미 바라보다가 식욕을 잃어버리던 와중에 난 그들이 밤마다 누워 잘 어떤 여자와의 침대에 대해 생각했다. 테이블 매너를 지키는 사람은 아무렇게나 편하게 먹고 싶은 욕구보다는 남들과 함께 어울려서 기분좋게 먹고자 하는 배려심이 중요하다는 걸 알고 있다. 아무 약속도 없는 토요일 저녁, 말도 안 되게 엉망인 몰골로 집에 있던 찬밥에 반찬을 다 비벼 밥솥을 끌어안고 먹던 여자라 해도, 중요한 자리에선 최대한 아름답게 차려입고 요조숙녀처럼 식사를 즐기는 법이니까.

그런데 슬프게도, 그 남자들의 식사엔 그 배려심이라는 게 완벽히 증발되어 있었다. 그리고 그래서, 나는 그들의 엉망일 침대를 떠올릴 수밖에 없었다.

스물다섯 살부터 섹스칼럼이란 걸 쓰기 시작해 지금은 한국에서 가장 많이 또 오랫동안 섹스칼럼을 써왔다. 그런 나에게, 누군가 '섹스할 때 가장 중요한 것은 무엇이라고 생각하느냐'고 묻는다면 나는 바로 '배려심'이라고 답한다. 몸으로 하는 대화이자 가장 은밀하고도 농밀한 위로의 형태, 서로 모르던 두 사람에게 다시는 떨어질 수 없을 것만 같은 애착을 느끼게 하는 행위, 그 모든 것이 점점 아름답고 뜨거운 무엇으로 변해가는 데 있어서 가장 중요한 것은 결국 배려심이라는 결론에 이르렀기 때문이다. 어떤 식으로 키스해주길 바라는지, 가슴의 어떤 곳을 어떻게 만져주면 가장 좋아하는지, 위에서 하는 것이 좋은지 아니면 조금은 애크러배틱한 자세로 하는 것에 좀더 흥분하는지 알아나가는 것은 상대에 대한 배려심 없이는 가능하지 않다.

낯선 사람과 식사하는 긴장된 자리에서조차 배려라는 걸 할 줄 모르는 남자가, 익숙하고 편한 사람과 침대에서 과연 배려라는 걸 떠올릴 수나 있을까? 아주 오래전 만나 지금은 기억조차 희미해진 어떤 남자는, 음식만 앞에 두면 허겁지겁 게걸스럽게 먹어서 여자와 속도 맞추는 걸 그렇게 힘들어하더니, 결국 침대에서도 허겁지겁 혼자 달려나가다 제풀에 나가 떨어지던 것을 나는 똑똑히 보았다.

또 언제나 일방적으로 식사 약속을 잡던 어떤 남자는, 그렇게 둘만의 로맨틱한 저녁식사가 끝나자 아니나 다를까 일방적으로 옷을 벗기려들어 나를 아연실색하게 한 적도 있다. 유난히 입이 짧아 데이트를 할 때면 늘 '그냥 배나 채우자'던 나의 몇 년 전 연인은 섹스에 대한 나의 에너지를 이해하지 못했다. 늘 "너한테는 왜 그렇게 섹스가 중요해"라고 내게 되물었던 것도 결국은 다 하나의 맥락이었을 거다. 식욕과 성욕은, 우리의 테이블과 침대는, 결국 아주 미묘한 함수에 연결되어 있다는 것. 이 함수를 이해하는 순간, 우리 일상의 많은 부조화와 오해가 풀리는지도 모를 일이다.

생각해보면 먹는 일과 섹스하는 일은 애초에 그 행위 자체가 많이 닮아 있기도 하다. 먹을 것을 준비하고 기다리는 과정은 섹스에서의 전희와 비슷하고, 마침내 그 음식을 입가로 가져가고 목구멍으로 삼키는 과정은 섹스의 인터코스와도 같아 절정감이라는 코드로 통하며, 그 음식을 통해 포만감을 느끼고 다시 한번 입맛을 다시는 건 마치 섹스 후에 두 연인이 서로를 다시 한번 탐하는 후회처럼 느껴지곤 하는 것이다.
"길들이기는 쉽지 않아도 예열을 잘 시키기만 하면 아주 깔끔하게 반영구적으로 사용할 수 있어요"라며 독일산 고급 스테인리스 조리기구를 판매하던 어느 점원의 말에서 섹스를 떠올린 것이, 아마 나쁜은 아니었을 것이다.

그리하여 우리가 이상적이다, 라고 말할 수 있는 식사와 섹스란 결국 같은 것이 아닐까 한다. 상대방의 취향을 기억해주는 것, '다른 사람들은 이런 걸 좋아하는데 너는 왜 그런 걸 좋아해?' 라고 섣불리 묻지 않는 것, 음식을 한입 베어물 때 온몸의 감각을 혀끝에 집중해 그 순간을 가장 충만한 상태로 감당할 줄 아는 자세, 테이블에서든 침대에서든 함께 하는 사람과의 속도를 맞출 줄 아는 것…… 이런 것들이야말로 우리가 섹스에 대해 기대하는 전부가 아닐까. 일상에서 밥 한술이 우리에게 필수적이고, 오늘 밤의 뜨거운 숨결만이 중요한 것처럼 말이다.

그리하여 오늘 나는, 어떤 저녁식사와 그후에 이어지는 어떤 섹스를 상상한다. 와인 한 병, 그리고 둘이 먹기엔 조금 적은 듯한 양의 안주를 준비해 경계심 따위는 푼 웃음을 서로에게 흘리며 먹고 마시다, 서로의 몸이 하는 이야기를 듣고 싶어하는 열망으로 가득한 섹스를 하고 싶다. 함께 먹고 마시는 것이 즐거운 사람은, 서로를 먹고 마시는 것도 당연히 즐거울 테니까.
같이 음식을 먹고 싶은 그 사람과, 나는 만나고 싶다. 음식으로, 그 사람의 손길로, 위로받고 싶다. 그리하여 같이 먹다가 그에게 먹히고 싶다. "나는 너를 먹고 싶어"라고 말하며 은밀한 눈빛을 공유할 수 있는 그런 사람에게, 불현듯 손을 붙잡히고 싶다.

먹 는 남 자

어떤 남자가 음식을 먹는 모습을 물끄러미 바라볼 때 나는 그가 침대에서 어떤 사람일까 은밀히 상상하게 될 때가 있다.

음식이 나왔을 때 먼저 눈과 코로 음미하는 남자는 어쩌면 한 번쯤 나를 은근한 시선으로 훔쳐봤을 것만 같고, 조심스럽게 첫번째 맛을 음미할 때 작은 신음 소리를 내는 남자는 절정일 때는 어떤 소리를 내는 남자일지 상상하게 하고, 허겁지겁 입 주변에 음식이 묻도록 게걸스러운 남자는 여자가 절정에 오르기도 전에 서둘러 욕구를 해결할 것만 같아.

약간의 모험심이 필요한 메뉴를 고르는 데 주저함이 없는 남자, 자연스럽게 앞사람과 먹는 속도를 맞추는 남자 혹여 식당에 컴플레인을 할 때도 예의를 지키는 남자.

'이 남자를 매일 만나도 좋을 것 같다'라고 생각하게 되는 것은 바로 먹는 남자의 모습이 마음에 들 때.

돈이 많아 남극 여행을 데려가줄 수 있는 남자가 아니라, 남극에 돈 한푼 없이 떨어졌어도 집으로 돌아올 수 있을 법한 남자를 선택해, 함께 남극 여행을 가자며 내 돈으로 비행기표를 끊는 여자가 되는 것.

언제부터였을까? 솔로가 루저 취급을 받고, 커플이라는 게 '당연히' 되어야 하는 것으로 여겨지기 시작한 것이.

끊임없이 돈을 벌고 지속적으로 돈을 쓰는 사람들이 있어야만 비로소 돌아갈 수 있는 자본주의라는 체제에서 돈을 조금만 번다거나 덜 쓰는 사람이란 교화의 대상일 뿐이다.

사람들이 많이 쓰고, 또 벌고, 또 쓰게 만들고 싶은 기업의 입장에서 덜 버는 사람(이를테면 골드미스도 주부도 아닌 올드미스)이라든가 덜 쓰는 사람(이를테면 주말에 파스타를 사 먹으러 나오지 않고 집에만 있는 솔로)은 어떻게든 소비시장으로 끌고 나와야 하는 존재일 뿐이니까.

골드미스나 모태솔로라는 신조어, 커플 마케팅의 시작점은 특정 계층을 소외시키고 그를 통해 소비를 창출하려는 의도와 맞닿아 있는 것. 다만 그런 자본의 의도를 읽을 수 있어야 말려들지도 슬퍼지지도 않는 것.

세상이 뭐라고 하든 행복해지기 위해 연애하는 것과 세상이 뭐라고 하든 행복하게 살기 위해 연애를 안 하는 것만이 우리가 할 수 있는 최상의 선택이고, 결혼에 대해서도 이건 마찬가지다.

그러니까, "넌 왜 연애 안 해?"라는 질문, "정말 평생 혼자 살려고 그래?"라는 간섭, 상대방을 존중하고 아낀다면 참 안 해도 좋은 말.

"남자친구는 후배위로 하고 싶어하지만 저는 그 자세가 너무 변태 같아서 도저히 하고 싶은 생각이 들지 않아요. 어떻게 하면 좋을까요?"

내가 섹스칼럼을 쓰기 시작했던 십여 년 전, 독자엽서로 배달되어 온 사연들 중에 여지없이 끼어 있던 것은 이런 체위에 관한 질문이었다. 남성상위가 정상적인 체위로, 여성상위는 그저 민망한 체위로, 후배위는 지나치게 동물적이거나 변태적인 체위로 인식하던 남녀가 많았던 시절이었으니 당연한 일이었다.

하지만 더이상 여자들은 '후배위는 하고 싶지 않은데요'라고 묻지 않는다. 아니, 도대체 누가 어느 쪽으로 다리를 올리고 누가 누구에게 올라타는 문제가 뭐 그리 애초에 대단했단 말인가. 대신 '한 남자만으로는 만족할 수 없는데 어떻게 하면 좋을까'라고 묻고, '제가 원하는 횟수보다 남친이 원하는 횟수가 적은데 어떻게 해야 하죠?'라고 묻는다. '그 체위는 하고 싶지 않은데요'가 아니라, '좀더 강렬하게 느끼려면 허리를 어떤 각도로 움직여야 하나요?'라고 물어 나 같은 연애칼럼니스트로 하여금 계속 새 지식을 탐구하게 한다.

그런 식으로, 변태의 정의는 확실히 변했다. 조금이라도 색다른 것을 변태라고 부르던 사회였던 것이 불과 십 년 전 일이지만, 이제는 변태라는 단어가 함축하는 영역이 훨씬 좁아졌다고 표현하면 될까. 아직 남들의 시선에 필요 이상으로 강박하는 습관이 사회 전반에 깔려 있고, 성적인 담론을 공개적인 장소에서 논하는 것은 여전히 불편하지만 그래도 우린 서로에게 많이 너그러워진 것 같다.

하지만 서로에게 너그러워졌다고는 해도, 여전히 많은 커플이 해결하지 못하는 영역도 존재한다. 남자친구가 후배위를 하자고 했을 때 "변태 같아! 싫어!"라고 반대의사를 표할 여자가 줄어든 것은 확실하다 해도, 내면의 가장 은밀한 곳에 있는 뾰족한 욕망을, 그러니까 아무에게도 털어놓지 못할 변태스런 판타지를 커플끼리 공유하는 경우는 흔치가 않더라는 것이다. 내밀한 욕망을 들키면 파트너에게 점수를 잃을 수도 있다고 생각하는 것일까? 판타지는 낯선 상대에게 투사했을 때에만 보다 쉽게 극치감을 얻을 수 있다고 짐작해버린 것일까? 어쩌면 우리는, 변태의 기준에는 너그러워진 대신 정말 변태 같이 굴 자신은 더 없어진 게 아닐까?

가장 친밀하며 가장 안전하다고 믿는 관계에서 자신의 변태적인 욕망과 판타지를 드러낼 수 있다면 그 관계야말로 날생선처럼 펄떡거리는 리비도를 공유하는 관계로 진입하게 된다. 수없는 밤 동안 서로의 몸을 탐했대도 내 남자의 판타지로 어떤 것들이 있는지 모르고 있다면 그건 좀 슬프다. 내 여자가 어떤 변태적인 욕망을 숨기고 있는지 여전히 알려주지 않는다면 반쪽짜리 섹스를 해왔는지도 모를 일이다.

그러니, 지금의 섹스가 코너에 몰린 느낌이라면 '네가 생각하는 가장 변태 같은 짓이 뭐야?'라고 당신의 파트너에게 물어보자. 처음엔 황당한 표정을 짓더라도, 언젠간 분명 숨겨뒀던 욕망을 드러낼 테니까. 이를테면, '너랑 나랑 하는 걸 다른 남자가 줄에 묶인 채로(!) 구경하는 거!' 같은 대답 말이다. 자, 우리 중에 오직 변태 아닌 자만이 내게 돌을 던질지어다.

"지난주에 남편하고 했어. 사 년 만에 했어." 수년 전에 결혼한 지인과 함께 점심을 먹다가 그만 나는 숟가락을 떨어뜨릴 뻔했다. 남편과의 섹스가 첫경험이었고 그길로 결혼에 골인했던 그녀는 사 년 만의 섹스담을 조금은 처연한 표정으로 내게 털어놓았다. "사 년 만에 해서 그런지, 나도 그도 어쩐지 낯설고 어색하더라고. 끝까지 가지도 못했어. 그가 중간에 사그라들어버리던걸. 이러다 또 사 년 후에나 하는 거 아닌가 몰라……."

올림픽이 열릴 때마다 하는 꼴로 섹스를 한다는 건 어떤 것일까. 그녀와 헤어지고 나서 나는 가늠해봤다. 사 년간 서로에게 뜨거운 온기를 불어넣지 않고도 가족이란 이름으로 살아갈 수 있는 그녀의 인내심이란 도대체 어떤 걸까.

음식에 대한 갈망이나 호기심이 날 때부터 유난히 많은 사람이 있고, 그저 끼니만 때우면 된다고 생각하는 사람이 존재하듯이, 성욕도 그렇다. 틈만 나면 섹스하려고 비집고 들어오는 남자가 있었고, 아무리 암시를 줘도 알아차리지 못한 듯 행동하는 남자도 있었다. 일주일에 두 번 이하로 하면 열정이 줄어든 건가 걱정하는 커플이 있는가 하면, 사 년에 한 번 하고도 아무 일 없는 듯 살아갈 수 있는 섹스리스 부부가 있는 것처럼. 하지만 최소한 자신의 성적 욕구에 대해 솔직하게 털어놓을 수 없는 시간은, 그런 관계는, 그런 분위기의 사회는, 그 자체로 비극적이다. 얼마나 많은 커플이, 얼마나 많은 부부가 섹슈얼한 문제로 헤어짐을 맞이하는지 생각해보면 더 그렇다. "나는 이럴 때 그곳이 막 달아오르는 기분이야" "나는 그런 모습을 볼 때 당장에라도 네 몸에 들어가고 싶어져"라고 말하는 순간이야말로 자신의 일부를 온전히 인정하는 순간이 아닌가. 자신의 성욕이 어떤 상황에서 비로소 자극되는지, 정말 '하고 싶다'는 느낌이 들 때 몸이 어떻게 반응하는지, 원하는 섹스 주기는 어느 정도인지 잘 알지 못한다는 것은 결국 자기가 어떤 사람인지 그 그림을 제대로 그릴 수 없다는 의미일 거다.

내가 누구인지, 내가 무엇을 원하는지에 대해서는 생각할 기회를 주지 않고 그저 무참한 경쟁구도로 내몰려 승자와 패자로만 나뉘는 사회에서 성욕을 자연스럽게 발산하는 인간이 된다는 것이 물론 쉬운 일은 아니겠지만.

최근 성적 욕구가 생겨나는 것을 방해하는 몇 가지 요인들에 대한 해외 연구결과가 나와 눈길을 끈다. 아침부터 눈코 뜰 새 없이 이어지는 일정이라든가, 항히스타민제 같은 약품들, 흡연과 과음이 우리의 성욕을 가로막는다고 한다. '하고 싶다'고 솔직히 말하는 것도 애초에 쉽지 않은데, 먹고사느라 바쁜 것이 다시 성욕을 가로막는 형국이다.

고로, 하루하루 사는 게 전쟁 같다고 느껴져 집으로 돌아오면 파김치가 되는 2014년의 코리아 라이프는 섹스로부터 한 발짝 더 멀어지고 지옥에 한 발짝 가까이 다가간다. 이토록 냉혹하고 건조한 사막 같은 삶, 적어도 밤시간이라도 누군가와 뜨겁고 축축한 호흡을 나눌 수 있다면 그거야말로 최고의 치료법일 텐데. 그럼에도 불구하고 섹스리스의 삶을 택한 이들에게는 위로를, 적어도 사흘마다 한 번은 하고 싶어하는 나에게는 안도를 건넨다.

'우리 잠시 시간을 갖자'는 말

이 말을 할 때 정말 이별을 해야겠다는 작정은 아니었을지라도 그 말을 주고받은 커플은 결국 이별할 수밖에 없다. 그것은 정말로 시간을 두고 멀리 떨어져 지내보았을 때, 그 사람과 거리를 두어도 그리 큰 문제가 없다는 것을 깨닫게 되기 때문이 아닐까.

뭐, 애초에 '우리 당분간 시간을 갖자'라는 말이 '나 혼자서도 별일 없는지 시험해볼 시간이 필요해'란 의미였을 테니까.

누군가 없이도 잘 살 수 있는 사람이란 '독립성'은 건강한 연애의 기본이지만 누군가가 없어도 별일 없이 잘 살 수 있다는 걸 깨닫는 '독립의 시간'은 연애의 슬픈 종점이다.

출연하고 있는 프로그램의 성격상 이런저런 사연을 받아 상담을
하다보니 사석에서나 이메일로도 상담 요청을 자주 받게 된다.
흥미로운 것은 내게 오는 사연의 절반 이상이 단호하게 자신
의 의사를 주장하지 못해 생겨나는 고통이라는 것이다. 자신의
마음속에 있는 불만을 솔직히 이야기했다가는 어쩌면 이 관계
가 끝나버릴지도 모른다는 유기불안이 상처를 곪게 하는 일.

하지만 그것이 어디 연애하는 이들만의 일일까.
속마음을 말하면 벼랑 아래로 떨어질 것 같은 유기불안의 노예
는 어디에나 있다.
'이 말을 하면 난 잘릴지도 몰라.'
'이 말을 하면 밉보일지 몰라.'

단호하게, 내가 원하는 바를 말할 수 있는 사람이 되는 것은
일생을 두고 연습해야 하는 숙제와도 같다.
때론 버려져도 좋다고 생각하는 사람만이 힘을 얻는다.

내 가 사 랑 하 는 남 자 의 ' 그 곳 '

그것은 아주 찰나였다. 퇴근길 엘리베이터를 타고 닫힘 버튼을 누르려던 그 순간, "미안합니다"라고 말하며 내가 탄 엘리베이터에 들어오던 그 남자를 보았다. 엘리베이터엔 그와 나 둘뿐이었고, 문을 바라보며 내게 등지고 선 그 남자에게서 가장 눈에 띈 것은 그의 강직하고 튼튼한 어깨였다. 피트감이 무척 좋은 슈트를 갖춰 입은 그 남자의 뒷모습을, 나는 짧은 시간이지만 최대한 크게 동공을 열고 지켜보았다. '땡' 하는 소리와 함께 문이 열린 그때, 어쩌면 나는 짧은 탄식을 내뱉었는지도 모르겠다.

남자들은 남자가 여자에 비해 훨씬 시각적 자극에 약한 존재라며 여자가 남자에게 섹시해 보이려면 어떤 점들을 가져야 하는지에 대해 끈질기게도 주문해왔다. 희고 고운 목선, 물이 고일 것 같은 쇄골과 깎아놓은 듯 둥근 어깨, 한줌에 잡힐 듯 가느다란 허리와 탱탱한 허벅지 그리고 이 모든 것들을 받치고 서 있을 가녀린 발목까지.

하지만 이제는 남자들에게 말해야겠다. 그토록 선에 열광하는 것은 남자들만이 아니라고. 여자도 남자의 아름다운 선에 매혹되고 정신줄을 놓을 정도로 아찔함을 느낀다고 말이다.

그런 의미에서, 내가 남자를 볼 때 유심히 지켜보는 세 가지 부위를 소개해보려고 한다.

가장 먼저 꼽고 싶은 것은 그 남자의 팔뚝 안쪽으로 내 팔을 넣어 팔짱을 꼈을 때 단단하게 느껴지는 그의 옆가슴 라인이다. 피트니스 트레이너들처럼 과장되게 벌크업 된 가슴을 원하는 것도 아니다. 그저 '매일 푸시업을 꽤 꾸준히 하고 있구나'라고 느껴지는 정도로 관리된 가슴이기만 해도 충분하다. 우리 여자들에겐 벗겼을 때 섹시한 가슴만큼이나 셔츠를 입고 있을 때 섹시한 가슴인가의 여부가 중요한데, 이건 벌크의 사이즈와는 상관없이 옆가슴 라인의 탄력에 의해 결정되곤 하더라. 팔짱을 꼈을 때 닿은 부분이 어딘가 '물컹'하다거나 '납작'하지만 않으면 된다. 그러니까 여자가 원하는 건, 남자의 위에 올라타고 양손을 가슴에 짚었을 때 안정적으로 느껴지는 그 정도의 탄탄함.

두번째로는 그의 벨트 위쪽 부분과 뒷주머니 아랫부분이다. 벨트 위쪽 부분의 라인이 날렵하게 떨어지지 않고 군살(맞다, '러

브핸들'이라고 부르는 바로 거기)이 쌓여 있는 남자나, 뒷주머니 아랫부분의 탄력이 현저히 떨어져서 뒤태가 영 느슨해 보이는 남자라면 적어도 최근 두세 달은 자기관리와는 거리가 먼 생활패턴으로 지냈다는 증거가 된다. 자기관리를 하지 않고 지낸 것이 틀림없는 남자와의 섹스는 생각만 해도 별로다. 그러니까 우리가 원하는 건, 우리가 '오 마이 갓! 바로 지금이야!'라고 말할 때까지 지쳐 쓰러지지 않을 지구력을 가진 남자, 딱 그 정도면 된다는 얘기다.

세번째로 보는 건 팬티라인 바로 윗부분. 물론 우리도 안다. 하루종일 앉아서 일하고 밤엔 회식자리에 끌려가서 술 좀 마시다 보면 어느덧 복근은커녕 내장비만을 걱정해야 하는 몸으로 변화하는 직장인의 비애를. 하지만 미안하게도, 여자의 조금 나온 똥배는 여체 특유의 곡선이란 이유로 용서받을 수 있지만 남자의 그것은 거의 대다수의 여자들에게 섹시하지 않다는 사실. 식스팩? 곤충 배 같아서 별로라는 여자가 많단걸, 남자들은 알까? 어떤 체위든 원하기만 하면 바로 도전해볼 수 있기 위해서라도 꼭 필요한 남자의 '단지 납작한' 배다.

정리하면, 가슴이 단단하고, 벨트 위쪽에도 뒷주머니 아래에도 군살이 없고, 그냥 좀 납작한 배이기만 하면 된다. 오늘도 닭가슴살로 연명하며 벌크업과 식스팩에 올인하거나, 오늘도 복부 비만에 시달리는 일부 남성들에게 이 글을 바칠 수 있다면 더 없는 기쁨이겠다.

섹스하기 좋은 몸

봄이 시작된 지 얼마 되지 않은 어느 날의 일이다. 일 때문에
처음으로 어떤 사람을 알게 되었던 그날 오후, 나는 오랜만에
'섹스하고 싶은 몸'이라는 단어를 떠올리게 됐다. 조금 훤칠하
고 호리호리한 체격에 뚜벅뚜벅 걸어오는 그 걸음새, 약간의 디
테일이 들어간 흰 셔츠와 청바지를 입고 있긴 했지만 그토록
단정한 옷을 벗기만 한다면 아주 예쁜 선일 것이 틀림없을 그
의 몸을 상상하면서 나는 혼자 속으로 웃었다.

그 남자와 술을 마시던 그날 밤 난 생각했다. 섹스하기 좋은 몸
이란 게 있다면 그건 어떤 걸까, 하고. 단지 가슴이 탄탄하다거
나, 허벅지가 두꺼워 보인다거나 하는 것 말고 다른 어떤 것들
이 분명 필요하지 않을까. 단지 시각적인 것이 중요하다면, 우
리가 텔레비전이나 영화 속에 나오는 멋진 배우들 말고 그저
평범한 남자들에게 반해 사랑을 나누는 것을 도저히 설명할
길이 없어지는 건지도 모른다.

가장 중요한 건 그 사람이 애초에 갖고 있는 섹슈얼한 에너지
그 자체가 아닐까 싶다. 오랫동안 많은 사람들과 섹스에 대한
이야기를 나눠보니, 사람마다 타고나는 어떤 에너지 같은 것

엔 분명히 차이가 있다. 그냥 달렸을 뿐인데 초등학교 때부터 100m 계주의 1등 자리를 놓치지 않는 사람이 있는가 하면, 지구력이 좋아 오래달리기만 잘하는 사람이 있는 것처럼. 이렇듯 알 수 없는 이유에 의해 정해지는 섹슈얼한 에너지는 알 수 없는 힘처럼 상대방을 흥분시킨다.

남자들을 예로 들어볼까. 많은 남자들을 관찰하고 또 만나보니, 그 섹슈얼한 에너지가 좋은 남자의 지표라고 할 만한 것이 몇 가지 있는 것 같다. 이를테면 남들보다 확실히 짙고 깊은 눈빛, 탄력이 좋은 피부, 자신만의 좋은 체취, 얇지 않고 탄력이 좋은 입술 같은 것 말이다. 어쩌면 신은 축복받은 유전자의 소유자라는 증거로 그 남자들의 외모에 그런 모습을 새겨둔 것은 아니었을까.

섹스하기 좋은 몸의 두번째 조건을 꼽으라면 '정돈과 관리'의 흔적이라 말하겠다. 섹스란 어쩌면 '너와 내가 만났지만 절정의 그 순간에는 내가 누구인지 모를 정도가 되어버리는' 어떤 것일지도 모른다. 단지 성기와 성기가 결합하는 듯 보이지만, 섹스를 하는 도중 두 사람의 뇌에서는 어마어마한 화학작용이 일어난다. 섹스란 그저 두 남녀의 단순한 물리적 결합이 아니라, 화학적 결합이란 의미다. (섹스한 상대에게 이전보다 더 큰 애착감과 친밀감을 느끼는 것이 바로 이 이유다.) 나는 그토록 강렬하고 특별한 결합과 공유의 과정이, 어쩌면 '파괴'와도 맞닿아 있다고 생각한다. 그렇다면 어째서 '정돈과 관리'가 섹스에 있어 중요한 걸까? 그건 바로 이런 이유다. 파괴할 수 있으려면 파괴될 만해야 하기 때문에. 축 처진 뱃살이, 정돈되지 않은 체모가, 그리 유쾌하지 않은 체취 같은 것들이 섹스하고 싶은 몸과 거리가 먼 것은 어쩌면 그것이 상대방으로 하여금 이미 '파괴된 것'에 가까운 어떤 것들이라는 생각을 하게 만들어서는 아닐까. 잘 정돈된 것과는 거리가 먼 어떤 존재와 화학적으로 결합한다는 느낌은, 어떻게 생각해봐도 별로인 것은 어쩔 수 없다.

마지막으로는 체육 선생님 같은 이야기를 좀 덧붙여야 할 것 같다. 섹스하기 좋은 몸의 마지막 조건은 바로 '체력'이다. 섹스의 본게임에서 마지막 순간까지 에너제틱할 수 있는 체력은 평소에 관리하지 않으면 쉽게 좋아지지 않는다. 다양하고 대담한 체위로 원하는 만큼 즐거운 시간을 보내기 위해서 필요한 건 관절의 건강, 허벅지와 허리 부위의 적당한 근육, 유연성같이 건강 관련 프로그램에서 지겹도록 말하던 어떤 것들이다. 그이가 좋아하는 속옷을 입고, 그이가 좋아하는 향수를 뿌리는 것도 중요하긴 할 테지만, 격정적인 순간을 좀더 짜릿하고 잊을 수 없게 만들어가기 위해서는 분명히 스스로의 몸에 대해서 아주 실천적인 노력들이 필요하다는 뜻이 될 거다.

나와 화해하는 시간

진짜 능력

여덟 살 연하의 남자를 사귄다는 것이 세간에 알려지자 사람들은 내게 말하기 시작했다.

"와, 능력 좋으시네요."

하지만 내가 생각하는 진짜 '능력'은 자기 삶을 스스로 끝까지 책임질 수 있겠다는 깨달음이 생기는 순간 비로소 얻게 되는 것이다. 돈보다 소중한 것이 영혼의 평안이라는 사실을 깨닫는 순간 마음속에 담게 되는 힘이다. 내가 번 돈의 소중함과, 내가 벌지 않은 돈의 허무함을 알게 되는 순간 생겨나는 것이다. 노동하지 않아도 먹고살 만한 자본가가 아니라, 노동의 참 가치를 아는 노동자를 선택할 수 있는 사람만의 것이다. 나 혼자 살아도 행복할 수 있지만 둘이 함께해도 참 좋겠구나라고, 진심으로 중얼거리는 순간 피어나는 마음속의 꽃이다.

그런 의미에서라면, 나는 참으로 능력 있는 사람이다. 내가 사랑하고 곁에 둔 그 남자의 생물학적 나이가 몇 살이든 관계없이.

자기 삶을 제 뜻대로 살 수 있다는 확신이 든 사람에게만, 신은 비로소 세상을 달리 보는 눈을 열어주신다. 남자가 없어도 제법 잘 살 수 있다는 확신이 든 여자에게만, 신은 비로소 남자를 달리 보는 눈을 열어주신다.

자위하는 것을 보여줄 수 있을까?

내가 일하던 잡지사 『코스모폴리탄』에서는 간행물윤리위원회의 제재를 꽤나 자주 받을 정도로 적나라한 19금 기사가 등장하곤 했다. (물론 그 19금 기사의 주인공은 자주 내가 되곤 했다.) 어떻게 하면 조금 더 잠자리에서 만족할 수 있을까? 라는 의문에 대한 답으로 『코스모폴리탄』 미국판에서 자주 제안했던 내용은 바로 '자위하는 것을 상대에게 보여주라'는 것이었다. 자신이 어떤 식으로 오르가슴에 이르는지 상대방에게 시청각교육을 해주라는 것.

아마도 이것은 최고의 교육방법이자 최악의 한 수가 될 것 같다. 어떤 사람들은 상대방이 자위하는 모습을 보고 감탄하겠지만 어떤 사람들은 그 모습을 보고 얼어붙을 것이기 때문이다.

욕망을 분출하는 가장 은밀한 모습을 공유할 수 있는 관계가 된다는 건 멋진 만큼이나 아무에게나 허락되지는 않는 일이다.

구원

나의 일이 나를 구원할 수 있을까?
내가 사랑하는 사람이 나를 구원할 수 있을까?
나의 추억이 나를 구원할 수 있을까?
나의 무엇이 나를 구원할 수 있을까?
뜻도 잘 모른 채 엄마를 따라 십자가 앞에서 엎드리던 이십 년
전이 차라리 명쾌했다.

어제는 대학로와 동대문 근처에 있는 아기자기한 마을, 이화마
을이란 곳을 걸었다. 강북이 다 내려다보이는 낙산공원 어귀에
있는 이곳은 통영의 동피랑마을처럼 아름다운 벽화마을로 잘
알려져 있다.
소외된 지역의 시각적 환경을 개선하고자 일흔 명의 작가가 힘
을 합해 만들어진 예쁜 마을. 정말 오랜만에 듣는 십대 여자아
이들의 자지러지는 웃음소리를 등뒤에 두고 걷던 길에 잊은 줄
로만 알았던 어린 날의 이야기가 방언처럼 터져나왔다.

트렌디한 쇼핑몰에서 시간을 보내는 일보다, 팝콘 하나 들고 남
들 다 보는 영화를 보러 가서 앉아 있는 일보다, 조금 소박하
고, 조금 조용하고, 돈을 쓰기도 마땅치 않은 공간에서 우리는
우리가 누구인지 더 잘 알게 되고, 상대를 더 잘 알 수 있게 되
는 것이 아닐까.
인생은 배를 타고 강을 흘러내려가는 것. 혼자서 배를 저을 때
는 그저 무섭게만 느껴지던 기암절벽이 등뒤에 누군가를 태운
순간 아름답게 느껴질 수 있는 그런 것. 혼자서 배를 저어 갈

때는 왼쪽 길을 택했을지라도 둘이서 배를 탔다면 오른쪽 길을 택하게 되는 것. 어쩌면 결말이 완전히 달라질 수 있는 것.

화려하지도 아늑하지도 않고 유행하는 것과도 거리가 멀지만 우연히 발길이 닿은 그 공원에서 나는 이제껏 열심히 노를 젓던 그 손을 멈추고, 가만히 그 남자의 체온을 느껴보았다.

강연을 가게 되면, 적절하고 이상적인 스킨십의 진도에 관한 질
문을 참 자주 받는다. 너무 쉽게 스킨십을 허락하고 싶지도 않
지만 너무 답답하게 보이고 싶지도 않다는 의미가 숨어 있는
질문일 것이다. 그 질문에 대한 내 대답은 그래서 '이 사람을
잘 모르지만 섹스를 한 뒤에도 전혀 후회하지 않고 후폭풍스
러운 상황이 일어나지도 않을 거라는 확신이 있다면, 처음 만
난 그날 섹스를 한들 무슨 문제가 있겠어요?'이다.

자신이 확신을 가지고 어떤 일을 행하고, 그 행동에 따르는 모
든 일들에 책임을 지는 것. 그것이 바로 어른의 삶이라는 거니
까. 일 년을 만나고 나서 섹스를 하든, 처음 만난 날 섹스를 하
든 단지 그 시기를 가지고 성급했다 적절했다를 논할 수는 없
는 일이므로.

사귄 이래로 아무리 많은 날이 흘렀다 해도 난 그다지 원하지
않았는데 '그 사람이 너무 많이 원하니까 그냥 해주지 뭐……'
라는 마음으로 섹스를 한다면 우리는 그 섹스를 유쾌하게 즐
길 수도 떳떳하게 마음먹을 수도 없다는 그런 이야기.

이 혼

모두들 결혼을 통해 어른이 된다고 말하지만
어떤 사람은 이혼을 통해서야 나은 인간이 되고
폭발적으로 성장할 기회를 맞는다.

이혼을 바라보는 시선이 성숙한 사회야말로
진짜 성숙한 사회일지 모른다.

조금은 거만한 듯한 표정으로 네이티브 수준의 영어 실력을 뽐
내는 남자보다 조금은 짧은 영어일지라도 쫄지 않고 하는 남자
가 매력적이다. 나이가 들수록 능력보다 그의 태도에 가중치를
두게 된다.

당신이 남자라면 : 한심한 모습을 지속적으로 보여준다.
당신이 여자라면 : 지긋지긋한 모습을 지속적으로 보여준다.

바 이 브 레 이 터 를 허 하 라

남편과의 동침이 싫어진 여자에게 물대포와 온욕을 처방하고,
하루종일 섹스가 생각난다는 여자에게 최면요법을 시행하던
시대가 있었다. 그리고 더욱 충격적이게도, 이렇게 히스테리컬
한 상태를 보이는 여성이라고 판단될 경우 나라에 의해 자궁적
출까지도 가능했던 어떤 시대가 있었다. 1880년대 영국 이야기
다. 〈히스테리아〉는 여성들의 히스테리를 치료해야 할 질병으로
규정하고 다양한 치료법이 시행되던 중, 여성용 바이브레이터
가 생겨나게 된 배경을 둘러싼 영화다.

성과 관련된 별의별 글을 다 써왔고 그중에 '바이브레이터 체
험기'와 같은 좀 '부끄부끄'하며 난이도가 높은 기사도 많이 썼
다. 그러다보니 지금까지 옷장에 세 가지 국적의 바이브레이터
가 거쳐갔던 나조차도 사실 바이브레이터의 기원이 백수십 년
전 영국이라는 건 알지 못했었다. 게다가 의사가 직접 손으로
'그곳'을 마사지하는 것이 히스테리의 치료법이었다는 사실을
알고는 얼마나 놀랐던지. 손으로 직접 마사지하던 주인공 닥터
그랜빌이 전동 청소도구를 보다가 순간적으로 '오오 바로 이거
야!'라며 눈빛이 돌변하던 그 장면은 또 얼마나 코믹했던지.

하지만 영화를 보는 내내 킥킥거리는 웃음을 참기 힘들었던 것과 동시에 가슴 한켠이 묵직했다는 것을 말해야만 할 것 같다. 여자의 자궁을 적출하는 것을 치료법으로 내세웠던 야만의 시대를 온몸으로 거부하며 신여성의 삶을 살았던 주인공 매기 질렌할(샬롯 역)은 영화 속에서 당돌하게 묻는다. 남자들이 여자들을 변변히 만족시키지 못했다는 건 모른 체하고 그저 여성들을 히스테리아로 모는 것이 정당한 것이냐고.

그녀의 힐난에 움찔해야 할 남자들의 숫자는 국적불문 시대불문 적지 않을 거다. 대충 자기가 만족했으니까 여자는 당연히 좋을 거라고 짐작해버리거나, 먼저 '이렇게 해보자'고 하면 '이 여자 경험 많은 거 아니야?'라고 의심하기 시작하는 '일부' 남자들 말이다.

사실 물리적 오르가슴 그 자체도 중요하지만, 여기서 정말 중요한 건 섹스할 때 정말로 두 사람이 소통을 하고 있는지 그리고 그 섹스에 대해서 평상시에도 자유롭게 소통할 수 있는지의 여부이다. 성적 본능과 소통에의 욕구를 어떤 이유로든 결박당한 여자들은 1880년대 영국에서나 지금의 한국에서나 별로 다를 것도 없는 모습으로 그렇게 살아가고 있는 것이 아닐까.

그땐 치료라는 명목으로 히스테리아 클리닉에서 합법적 회음부 마사지라도 받을 수 있었다지만 지금의 한국은 바이브레이터가 여전히 '음란상품'으로 구별되는 곳이니 야만의 시대는 벗어났을지언정 아주 많이 나아진 시대라고는 솔직히 말하지 못하겠다. 게다가 대부분의 한국 남자들은 아직까지 바이브레이터를 '내 것과 비교되는 것 같아 불쾌한 존재'로 인식한다는 설문조사 결과까지 있으니 여자들은 선뜻 제안하기도 쉽지 않을 거다.

묻고 싶다. 도대체 바이브레이터 하나, 바이브레이터를 다룬 영화 하나 가볍고 유쾌하게 받아들이지 못한다면 우울했던 19세기 영국과 지금이 다를 게 뭔가? 정부여, 이 나라에 바이브레이터를 허하라. 그리고 커플들이여, 서로 양껏 소통하겠다는 의미로 이 기회에 고퀄리티 바이브레이터 하나 장만해서 부디 즐겁게 유희를 즐겨보시라. 평등한 '분출'의 세계로 둘이서 손 붙잡고 나가겠다는 의지의 표현으로 이만한 것이 없을 거다.

어쩜 이건 "저 여자 히스테리 아니야?"라고 누명을 덧씌우려는
현대의 야만으로부터 모두 다 함께 탈출하는 유일한 방법일지
도 모른다.

"오늘 하루 어땠어?"

고단했던 하루가 끝나가고 시계를 보며 퇴근을 기다리던 그 무렵, 그에게서 짧은 메시지가 하나 도착했다. 어떻게 그런 걸 물어봐, 라고 되물으니 그는 그저 내가 늘 궁금하고 걱정된다고 했다.

삼남매를 기르느라 눈코 뜰 새 없이 바빴던 내 어미아비에게 조차 듣지 못했던 그 말, 나를 사랑한다고 말하고 나 역시 사랑을 맹세한 어떤 남자에게서도 들을 수 없었던 말, 오늘 하루 어땠어, 하루의 해가 질 때면 누구에게라도 늘 듣고 싶었던 그 말.

사랑을 더욱 사랑답게 하는 것은, 이 사람을 더 사랑해야겠다고 용기내게 만드는 것은, 화려한 프러포즈나 값비싼 선물 같은 것이 아니다.

듣고 싶었던 한마디를 건네 그 마음의 온기를 더해주는 것.

그 외에 나는 우리를 구원하는 다른 방법을 더 알지 못한다.

정치관이 다른 남자

서로 다른 정당을 지지하는 사람들이 만나 행복할 수 있을까?
나의 대답은 '그렇지 않을 확률이 높다'이다.

정치관은 세상을 보는 관점을 반영한다.
지금의 세상이 꽤 괜찮다고 믿는 자와 지금의 세상이 부당하다
고 믿는 자가 어떻게 함께 미래를 이야기할 수 있을까.

사랑의 세 가지 요소

어떤 남녀관계 전문가는 사랑의 세 가지 요소를 두고 육체적 끌림, 친밀감, 신뢰와 애착이라고 했다.

내가 생각하는 사랑의 세 가지 요소는
시간, 체온, 체액.

시간은 나눴지만 체온을 덜 나누면 밍숭맹숭한 사이가 되고, 시간도 체온도 나눴지만 체액을 나누지 못하면 깊은 곳까지 사랑할 수 없으며, 체액은 나눴으나 충분한 시간과 체온을 나누지 못했다면 곧 끔찍한 공허함을 감당하게 된다.

시간을 함께 보내온 그와
뜨겁게 체액을 나눈 뒤
그의 체온에 어깨 한쪽을 붙이고서 잠이 드는 일보다
더 사랑에 가까운 풍경이 있을까.

"우리 가족에게 잘하는 여자였으면 좋겠어"라고 말하는 남자.
사회적 약자에게 막 대하는 것을 자연스럽게 여기는 남자. 당
신의 성공을 질투하거나 자기 상황과 비교하는 남자. "혹시 거
기 남자도 나오는 건가?"라고 모임에 갈 때마다 묻는 남자. 당
신의 오르가슴에 대해 신경쓰지 않는 남자.

그녀는 어떻게 연애의 달인이 되었나

내가 아는 한 후배 이야기.

그녀는 한눈에 누군가를 반하게 할 만한 외모를 가지지 못했고 남다른 색기로 뭇 남성을 유혹하는 타입도 아니지만 내가 아는 한 원치 않은 솔로 생활을 하는 일 없이 정말 문자 그대로 쉬지 않고 연애를 했다.

나는 궁금했다. 무엇이 남자들로 하여금 그녀를 끊임없이 사랑하게 만드는 것인지. 그녀가 결혼을 앞두고 있던 어느 여름날의 오후, 나는 그 이유를 알 수 있었다.

"몇 달 전 금요일 밤이었나. 술 한잔을 하고 싶은데 하필 친구들이 모두 약속이 있다는 거예요. 그냥 참을까 하다가, 친구들과 가던 작은 바에 혼자 한잔하러 갔어요. 바 끝에 앉아서 책도 이따금 보면서 한잔하고 있는데, 저쪽 끝에 한 남자가 앉더라고요. 간혹 눈이 마주치는가 싶었고, 그가 조금씩 옆으로 자리를 옮기다가 몇 분 후에는 옆자리로 다가와 앉더니 '혼자 오셨어요?'라고 말을 걸었어요. 전 웃으면서 대답했죠. '네. 그쪽도요?'라고요. 그게 우리의 시작이었어요."

금요일 밤에 곁에 누군가를 꼭 대동하지 않더라도 혼자서 술집에 뚜벅뚜벅 걸어가 시간을 보낼 수 있을 정도의 용기. 옆자리의 누군가가 동행한 지인을 쿡쿡 찌르며 '저 여자 좀 봐, 실연당했나? 혼자 왔어, 풉'이라고 하든 말든 내가 하고 싶은 일을하기 위해 내 몸을 어떤 장소까지 데려갈 수 있는 그런 용기. 그런 용기야말로 우리를 더욱 반짝이게 만들고, 그리하여 어두운 위스키 바 한켠에서도 운명의 짝을 알아볼 수 있게 만드는 것이 아닐까?

계 산 된 실 수

파티 장소에 갔는데, 마음에 드는 남자가 보인다면
나는 이렇게 할지도 몰라.
그가 있는 곳으로 천천히 다가가다
일부러 몸을 살짝 스치면서
그래도 조금은 분위기 있는 목소리로
"어머, 미안해요"라고 말하는 거지.
이때 턱을 당기고 고개는 살짝 기울이며 미소를 곁들인다면 금
상첨화.

내가 바벨을 드는 이유

난 일주일에 네 번, 숨이 턱까지 찰 때까지 웨이트 트레이닝을
한다. 운동을 그렇게 열심히 하는 것은 단지 건강을 위해서가
아니다. 몸의 여러 부위에 꼭 필요한 근육을 만들어두는 것이
나에게 자유를 주기 때문이다.

멋져 보이기 위해 값비싼 옷을 입어야 한다는 강박으로부터의
자유, 세상의 맛있는 음식들을 죄책감 없이 즐길 수 있는 자유,
그리고 침대 위에서 내가 원하는 대로 나의 몸을 움직일 수 있
는 자유.

그러므로, 근육은 자유다.

존 가트맨이라는 인간관계 전문가의 러브 랩 실험은 매우 유명
하다. 커플이 싸우는 모습을 몇 분만 관찰해도 그 커플의 미래
를 예측할 수 있다는 것이다.
비판, 방어, 깔보기, 무시 등의 방법으로 싸우는 부부는 85%
의 확률로 이혼을 했다는 것.
"당신은 왜 맨날 이런 식이야?"
"하이고. 또 남자라고 자존심은 있나보네?"
"네가 뭘 안다고 그래?"
"그만 좀 해, 제발 좀 닥쳐!"
이런 식의 말을 통해 상대방에게 어떻게든 치명타를 날리려는
커플이라면 그 미래가 결코 밝지 못할 것임을, 존 가트맨 박사
는 이미 오래전 실험으로 증명했다.

하지만 과제는 남는다.
도대체 이 네 가지를 빼고서 어떻게 싸우라는 거야?
어떻게 나를 변호해야 하지?

가장 중요한 것은 공감, 문제점 지적, 새로운 제안. 이 세 가지 순서를 지키는 것. 이를테면 이렇게.

"당신이 이 문제에 대해 화가 많이 난 것 나도 이해해, 나라도 그랬을 거야."

"하지만 방금 전처럼 나에게까지 감정적인 말들을 하면 나 역시 많이 당혹스러워."

"앞으로 이런 일이 있을 때는 적어도 이런 말들은 안 하는 것이 어떨까?"

만약 이렇게 이야기했는데도 여전히 역정을 내거나 절대로 행동이 고쳐지지 않는 사람이라면 그땐 정말 심각하게 고민해볼 시간.

좋을 때 하하호호 하는 사람이야 세상 어디에든 많지만 우리가 정말로 원하는 건 나쁠 때도 그 손을 놓지 않을 그런 사람이기 때문이다.

주 말 을 보 내 는 어 떤 방 법

어떤 이는 주말에 밀린 잠을 자고
어떤 이는 멀리 나가 바람을 쐬고 오지만

나는 한참이나 힘든 한 주를 보내고 난 후의 주말이면
귀찮아도 손수 장을 봐 요리를 해 먹고
귀찮아도 한 시간씩 꼬박 산책을 하고
귀찮아도 다음 한 주의 식량을 잘 손질해둔다.

지금 귀찮지 않으면,
나중에 정말 귀찮은 일이 생길 테니까.

한두 번의 데이트가 끝난 직후 분명 당시의 분위기는 꽤 좋았는데 그가 슬그머니 연락을 끊어버렸다면 여자는 생각한다. '회사에 무슨 일이 생긴 거겠지.' '너무 바쁘다고 했으니까.' '지금 밀당하는 중일 거야.'

하지만 실상은 좀 다르다. 자기 의견이라고는 하나 없이 데이트 전부를 남자가 리드하길 원해서, 데이트 도중 계속 돈을 냈는데 한 번도 고마움을 표시하지 않아서, 능력 있는 커리어우먼이라고 생각했는데 나에게도 상사처럼 구는 모습 때문에, 물론 바쁜 것도 사실이지만 따로 시간을 낼 만큼 맘에 들지 않아서, 빨리 결혼하고 싶어 조급해하는 모습이 너무 보여서, 무슨 이야기가 나오든 부정적인 이야기를 자꾸 곁들이는 습관 때문에……

어쨌든, 그러니까, 결론적으로,
당신에게 별로 가치를 느끼지 못해서.

모임에서 다 같이 기분좋게 소맥 한잔씩 하고 있는데 갑자기 혼자 술이 떡이 되도록 마신 채로 횡설수설한다거나, 소개팅하다 술을 좀 많이 마시고 취기가 잔뜩 올랐는데 말짱할 때와는 달리 자꾸만 무례한 질문을 하는 사람이라면 문제가 있다는 걸 직감해야 한다. 의식이 해방 상태에 놓였을 때 뭔가 특별한 행동을 한다면 그 행동이 그 사람 내면의 어떤 핵심을 가리키는 지표가 될 수 있음을 기억할 것. 평소엔 조용하다가 술이 들어가면 목소리가 커지고 거들먹거리며 괜히 시비 걸기 좋아하는 남자나 취했을 때 돌연 폭력적인 성향을 드러내는 여자는, 평소엔 스스로를 지나치리만치 억누르고 있단 뜻. 그리고 그것 자체만으로 당신과의 관계에 많은 문제를 일으킬 수 있다.

흔히 '강자에게 약하고, 약자에게 강한 것'을 비겁한 성격을 대표하는 어떤 특징으로 보는 일이 종종 있다. 하지만 적어도 강자에게 약한 것을 그 자체만으로 쉽게 비난할 수는 없다. 강자에게 적당히 굻는 것도 현명한 사회생활의 일부일 수 있으니 말이다. 하지만 굳이 '약자에게 강한' 태도를 보인다는 것은 꽤 위험한 지표이다. 약자에게 어떻게 대하는가를 보면 그 사람 인격의 바닥이 어디인지 눈치챌 수 있기 때문이다. 감정노동을 하는 매장의 직원을 대하는 그 사람의 태도를 기억하기. 약자에게 어떤 모습으로 대하는지를 확인하면, 당신이 그와 사이가 좋지 않을 때 당신에게 어떤 식으로 대응할지를 그려볼 수 있다.

남자는 보다 많은 여자에게 자신의 유전자를 전하고자 하는 성향을 가지고, 여자는 많은 남자들 중에서도 가장 훌륭한 단 한 명의 남자를 선택하고자 하는 방향으로 진화해왔다고 인류학자들은 이야기해왔다. 하지만 그건 원시 시대를 설명할 수 있는 룰에 지나지 않게 되었다. 모든 것이 불확실하다고 여겨지는 이 무한경쟁의 시대에 사람들은 남녀 할 것 없이 불안해졌기 때문이다. 한 가지를 선택하면 다른 무언가를 포기해야 한다는 절박감이 선뜻 연애를 시작하지도, 어렵게 시작한 연애를 묵직하게 지속하지도 못하게 한다. 하지만 어떤 이유로든 기웃대는 것이 생활인 사람은 위험하다. 아무것도 선택하지 않으려는 사람은 아무것도 책임지지 않을 것이기 때문이며, 사랑은 서로에게 책임을 지려고 하는 순간 완성되는 것이기 때문이다.

하 루 한 끼

부모님과 함께 살던 그 안락한 집에서 칙칙폭폭 밥이 되어가는
소리를 들으며 하루를 시작할 때는 미처 알지 못했다.
하루의 첫 끼니를 제대로 챙겨먹는 일이 얼마나 중요한지를.
'아침식사를 해결하는 일'의 중압감이 얼마나 생생한지를.

마트에서 산 오트밀에 물을 붓고 데운 뒤 닭가슴살 통조림을
올려 닭죽을 만들어보기도 하고, 얼린 바나나 한 개에 아몬드
한 줌과 우유를 넣어 바나나셰이크도 만들어 먹어보고, 남은
찬밥에 된장 한 스푼과 김가루를 조금 넣고 냄비에 끓여 된장
죽도 해보았지만,

엄마가 해주던 그 압력밥솥의 밥맛만은 여전히 코끝에 그립게
남아 있다.

그때는 몰랐지만, 이제야 알게 된
고마운 하루 한끼.

멍 때리는 시간

무한경쟁 사회에 '멍 때리기'란 바보들이나 하는 짓처럼 생각되지만 멍 때릴 때에 '반짝'하고 섬광같이 지나가는 아이디어가 나온 적이 많다.

어느 날 멍 때리며 퀴즈쇼를 보다 생각했다.
'매일 같은 시간에 섹스에 대한 상식을 퀴즈로 내면 어떨까?
매일 같은 시간대에 트래픽을 올릴 수 있을 거야.'

나는 100일간 매일 섹스 퀴즈를 올렸고,
그 100일 동안 『코스모폴리탄』 사이트는 전에 없던 트래픽을 기록했다.

책상 앞에 앉아 머리를 쥐어 싸매지 말 것.
멍 때리는 와중에 떠오른 작은 맥락에 집중하다보면
스스로도 놀랄 만한 아이디어를 갖게 될 테니까.

내가 책을 고르는 방법

어차피 살 만큼 산다고 해도 읽고 싶은 책을 다 읽을 수 있는 것도 아니고, 해야만 하는 각종 일과들을 다 처리하고 나면 시간도 그리 많이 남지 않게 된다. 그러므로 '어떤 책'을 선택적으로 읽을지 결정하는 일은 정말 중요하다.

내가 책을 고르는 기준은 이러하다.

첫째, 직접 손에 들고 몇 장을 훑어보았을 때 쉽다는 느낌보다는 살짝 어렵다는 느낌이 드는 것.

둘째, 과거 현재 미래 중 무엇에 대해 다루든 결국 미래를 이야기하는 것.

셋째, 세상 어느 곳에 대해 이야기하고 있든 지금 여기에 적용해볼 만한 이야기인 것.

넷째, 자기복제를 하고 있을 가능성이 높으므로 지나치게 다작을 하지 않은 저자의 것.

다섯째, 무엇무엇 하는 00가지 방법처럼 숫자로 사람을 현혹하지 않는 제목일 것.

세 치 혀

하고 싶은 말은 산같이 쌓였어도
일단 한숨 자고 일어나면
그 말을 하지 않길 잘했다는 생각이 들곤 하는 이유.

일단 한번 만나시죠

조직생활을 할 때는 깨닫지 못했던 사실 한 가지.
다짜고짜 "일단 한번 만나서 이야기를 나눠보시죠"라고
말하는 사람치고 알맹이가 있는 사람이 없더라는 것.

알차게 준비된 무언가를 갖고 있는 사람은
자신의 시간이 소중한 만큼 상대의 그것도 소중함을 알기에
다짜고짜 일단 한번 만나십시다 이야기하지 않기 때문이다.
자신의 생각을 이미 모두 정리해둔 사람은
꼭 만나서 이야기하지 않더라도
상대를 설득하고 감화시킬 자신이 있기 때문이다.

당신의 시간을 쉽게 뺏으려는 사람.
만나지 않으면 안 된다고 쉽게 이야기하는 사람.
말만 거창하고 실속은 없지만
'그럴 수도 있는 거죠'라고 쉽게 이야기하는 사람.

서른을 넘긴 여자는 예전 같지 않은 피부를 발견하고,
서른다섯을 넘어가면 본격적으로 노화의 징후가 나타난다.
단지 이목구비의 아름다움에 집착하는 일은 너무나 쉽다.

하지만 정말 아름답게 늙어가기 위해서는
영혼을 담고 있는 이 육신의 겉가죽이 상해가는 속도를 조금
늦출 수 있도록
매일의 노력을 게을리하지 않는 것이 필요하다.

하나, 피부 속 엘라스틴 조직 보호를 위해 식단에서 설탕과 밀
가루를 최대한 줄인다.
둘, 술과 담배, 카페인, 탄산음료의 유혹으로부터 자신을 지켜
낸다.
셋, 가공하지 않은 신선한 과일과 채소를 하루에 한 번은 꼭
챙겨먹는다.
넷, 값비싼 화장품보다는 가격이 합리적이고 순한 제품을 깐깐
하게 고른다.

다섯, 그렇게 절약한 돈으로 피트니스를 등록해 비가 오든 눈이 오든 춥든 덥든 땀나게 운동한다.

마지막으로, 누구나 조금씩 노화하며 죽음을 향해간다는 사실을 받아들인다. 무엇보다도 마음이 편안해지는 것이 중요하기 때문에.

새집으로 이사를 가기로 했다.
살림살이도 좋은 것들로 새로 바꾸려고 했다.

그러자 친구가 묻는다.
"혼수도 아닌데 왜 이렇게 좋은 것들을 새로 사는 거야?"
"결혼하는 것도 아닌데 괜히 무리하는 거 아니야?"
"그냥 적당한 거 사지 그래?"

어째서 여자의 결혼하지 않은 상태라는 것은
좋은 가구나 가전제품을 가지는 일조차 어울리지 않는
임시의 삶으로 취급되는 것일까.

친구야,
지금 나는 임시로 내 인생을 사는 것이 아니야.
다시 돌아오지 않을 나의 하루를 사는 거야.

남산

한창 힘들었을 때, 나는 날마다 남산에 갔다.
특히나 더 힘든 날엔 아침에도 가고 밤에도 갔다.
그렇게 숨이 차도록 산을 타고 나면 힘이 났다.
수많은 풀과 나무들이 팔 벌려 나를 안아주는 기분이었다.
긴 시간이 지나지 않아 나는 회복되었고, 괜찮아졌다.

꼭 누군가에게 말로 위로받아야 하는 것은 아니잖아.
풀과 나무와 바람에게 위로받는 황홀한 경험을
당신도 해보았으면 해.

오늘도 홀로, 함께 도시 산책

똑같은 내용이라 해도
메일이나 문자로 할 것인지
전화를 할 건지
직접 보고 말할 것인지의 문제는
중요하고도 예민한 문제다.
육성으로 처리해야 할 일을 텍스트로 처리하고 싶어하는 사람
들이 정말 많다.
활자 뒤에 숨어서 대강대강, 이모티콘 뒤에 숨어서 슬렁슬렁.

민망하더라도, 멋쩍더라도
도저히 글로는 해결되지 않는 '육성의 영역'이라는 것이 존재
한다.
그런데 카톡으로 이별을 고하는 세상인데 뭐…….
내가 너무 고리타분한 건가?

학창시절 나는
복잡하기 그지없는 방정식과
전혀 흥미가 생기지 않는 명제를 증명하란 문제를 보며
이런 생각을 했다.

'나이가 들어 직장인이 되면 나는
더이상 시험은 안 봐도 되겠지?
이런 증명 같은 거 하지 않아도 되는 거겠지?'

하지만 직장인이 되고 나서야 깨달았다.
뾰족한 해결책도 없는 문제를 푼답시고 몇 시간씩 회의를 하는
것이 직장인의 삶이라는 걸.
하루하루, 나 자신의 가치를 증명하기 위해 고군분투하는 것이
꼬박꼬박 들어오는 월급의 대가라는 걸.

오늘 그 가치를 증명했어도 내일 증명하지 못하면
불안해야만 하는, 아 직장인의 삶이란.

가 장 깔끔하고도 무서운 욕

평생 지금 그 모습 그대로 사세요.

열심히 돈을 벌어야 하는 이유

전형적인 블루칼라 노동자의 딸로 태어났기 때문일까.
어려서부터 부모를 도와 가게에서 일을 했기 때문일까.
나는 학생일 때부터 꽤 열심히 돈을 벌었다.
그리고 여전히 돈 버는 일을 열심히 한다.
여러 가지 이유가 있겠지만 그중 하나는 이것이다.

수입이 많아진다는 것은 남자를 보는 기준이 달라진다는 뜻이
다. 단지 그가 돈이 많다는 이유로 그를 선택하지 않게 되는 일
이며, 단지 그가 돈이 없다는 이유로 그를 제외하지 않는 일이
기 때문이다.

나는 오늘도 열심히 돈을 번다.
돈을 버는 내가 좋다.

세차한 날 비 오다

아침에 깨끗이 세차한 차를 몰고 나갔지만
비를 잔뜩 맞은 차를 몰고서 집에 돌아오는 길.

어쩌면 나도 이 차처럼 집에 돌아온 날이 참 많았겠지.
예쁜 옷 입고, 하이힐 신고 또각또각 걸어나갔지만
젖은 채로, 초라해져서, 그렇게 힘없이 집에 돌아왔겠지.

일이라는 것.
시간을 내고 돈을 받는다는 것.

때때로 나를 멋지게도 만들지만
매일의 초라함을 감당해야 하는 것.

이 일을 하면 좋을까?
아니면 이 일을 하지 않는 것이 나을까?
고민이 될 때 가장 좋은 판단의 기준.

반드시 '나여야만' 하는 일인가?
그저 '나 같은 사람'이면 충분한 일인가?

전자일 때 덥석 물면 예후가 꽤 좋지만
후자일 때 덥석 물면 두고두고 찜찜한 일들이 일어난다.
정말이다.

극복할 수 없는 월요병

13년간 다니던 회사를 나오면서 생각했다.
'야호, 이제 더이상 월요병이라는 건 없겠구나!'
하지만 일요일 밤이면 놀랍게도 다시금 월요병이 찾아오는 것을 경험했다.
어쩌면 우리가 경험하는 '월요병'이라는 것은
단지 일요일에 쉬다가 월요일에 다시 일해야 하기 때문이 아니라
손에 쥐고 있던 시간의 한 토막이 또 한번 빠져나간다는 사실이 못내 안타까워서일지 모른다.

벌거벗은 여왕님

성공적인 커리어를 쌓아가고 있다고 여겨지던 여자 상사들이
본격적인 추락을 맞이하기 직전
그녀들의 모습에서 이솝우화를 읽게 되는 경우가 있다.

벌거벗고도 으쓱거리던 임금님의 행진처럼
모든 게 엉망진창이 되어가는데도 아무도 그녀의 추락을 막아
주지 않는다.

원치 않는 추락을 경험하고 싶지 않다면
달콤한 말만 전하는 이들을 경계해야 한다.
쓰디쓴 말 속에서 배워야 한다.

"저 여왕이 벌거벗었으므로 권좌에서 끌어내려야 합니다."
달콤한 말만 전하던 이들의 입에서 이 말이 나오고야 말 테니까.

어떤 일을 할까

직업을 선택하는 건 삶의 모습을 결정하는 일이다.
단지 월급이나 근무조건을 결정하는 일이 아니라.
십 년 넘게 기자라는 일을 하면서 그런 생각을 한 적이 있다.
'나는 다시 태어나더라도 이 일을 택할 것인가?'

기자가 아니라면 할 수 없었을 수많은 경험과
기자가 아니라면 갈 수 없었을 수많은 장소와
기자가 아니었다면 절대 만나지 못했을 사람들.
대단히 많은 월급을 받지도 못했고
꽤 많은 시간을 일에 쏟아부어야 했지만
돈 주고도 살 수 없는 경험을 할 수 있었던 시간.
내가 확장되는 것을 경험하는 소중한 시간.

어쩌면 우리는 모든 직업을 이렇게 분류할 수 있을지 모른다.
나를 확장시킬 수 있는 기회를 제공하는 직업.
결국 내가 축소되거나 혹은 축소되어야만 계속 고용이 가능한
직업.

확장되어 살다 갈 것인가, 축소되고 말 것인가.
직업을 선택하는 건 삶의 범위를 결정하는 일이다.

최악의 상사

부하가 열심히 해서 자기 면을 세워주었으면 하면서
부하가 너무 잘해서 자기보다 좋은 평가를 받는 것은 싫고,
그러다보니 권한은 자신이 모두 가진 채
부하에겐 책임만 부과하고,
우아한 일은 자신의 몫,
행여나 욕먹을 일은 모두 부하의 몫으로 돌리는 사람.

기억하세요.
당신도 언젠가는 밀려날 운명이라는 걸.

칭찬을 할 때는 모든 사람 앞에서 시끌벅적하게 한다.
질투를 할 때는 그 누구도 알아차리지 않게 한다.

내 잘못이 전혀 아닌 것이 확실한데도 일의 상황을 오해한 상
사가 한밤중 전화까지 걸어 다분히 인격모독의 의도를 담아 역
정을 내고 있을 때, 우리는 결정해야 한다.

"아니 그거 제가 잘못한 거 아닌데 대체 왜 이러시는 거예요"
라고 상사에게 똑같은 감정의 에너지를 되보내줄지,
"일단 알겠습니다. 밤이 늦었으니 내일 차분히 설명드릴게요"
라고 한 걸음 뒤에서 그 에너지를 감당해줄지.

현명한 방법은 두번째를 택하는 것이다. 그리고 오해하고 역정
을 낸 상사가 반박할 수 없는 자료들을 준비하고, 상사보다 일
찍 회사에 도착해 차분하게 감정을 정리한 뒤, 이렇게 말해야
한다.

"어젯밤 이야기하신 내용의 진상은 사실 이렇습니다.
오해하실 수 있는 소지를 조금이라도 남겨둔 점 죄송합니다.
제가 한 일이 서툴 때, 언제라도 꾸짖고 가르쳐주세요."

다만 어제 하신 그 말씀에는 제가 깊이 상처를 받았습니다. 사과해주셨으면 합니다."

먼저 사과를 하고, 자세를 숙였으며, 감정을 내세우지 않았으면서도 정중하고 단호하게 사과를 요구하는 것은 많은 경험과 내공이 필요한 일이다. 하지만 감정 조절에 어려움을 겪는 수많은 상사들을 떠올려보면 매우 중요한 사회생활의 스킬이기도 한 것이다.

쉽지 않다. 그래도 단 하나 확실한 것은 정중하고 단호하게 사과를 요구하는 사람이 되는 순간, 당신은 더이상 상사가 감정을 게워내는 쓰레기통이 되지 않을 수 있다.

어떤 면에서 이 세상은 용감하게 사과를 요구하는 사람들이 여기까지 만들어온 것이나 마찬가지다.

아침부터 저녁까지 함께 일하는 사무실 내의 사람들끼리 점심을 함께 먹다보면, 서로의 사생활이며 집안 대소사, 과거 연인 이야기까지 드러내는 일이 생긴다.

하지만 이때 조심하지 않으면 안 된다.

이른바 가족적인 분위기에 휩쓸려 자신의 약점이나 단점으로 보일 수 있는 이야기를 털어놓게 되면 언젠가 업무적으로 작은 문제가 생겼을 때, 자신이 털어놓은 정보가 역이용될 수도 있기 때문이다.

같은 조직 내의 사람들과 좋은 관계를 유지할 필요는 분명히 있다. 하지만 자신의 약점이 될 만한 정보까지 공유하지는 말 것. 즐거웠던 일, 요즘 관심 가는 일, 앞으로 해보고 싶은 일을 이야기하는 것만으로도 충분히 의미 있는 관계를 유지할 수 있을 테니까.

매혹의 기억

어떤 사람의 눈빛은 의뭉스럽기 그지없어서
믿을 수 없는 사람이라는 느낌을 주고
또 어떤 사람의 눈빛에는 의욕이라는 것이 보이지 않아
친해봤자 재미있는 일이 일어나지 않을 거란 생각을 하게 한다.

물론 매력적인 눈빛을 갖고 태어났더라면 제일 좋았겠지만
그렇지 못했다고 하더라도 방법은 있다.

당신이 매혹되었던 순간을 기억하고, 상상하는 것이다.

솜털이 보송한 강아지이든
베이커리 카페의 쇼케이스 속 아기자기한 케이크든
우리가 매혹된 순간을 기억해내기만 해도
우리가 타고난 어떤 부분도 충분히 변할 수 있다.

단지 몇 분만 이야기를 나누어보아도
이야기를 더 나누고 싶어지는 사람이 갖고 있는 특징이 있다.
상대방이 좋아하는 것, 빠져 있는 것, 자부심을 갖고 있는 것
에 대해 마음껏 이야기할 수 있게 판을 마련해준다는 것이다.

친구를 돋보이게 하고 싶다면
친구가 가장 좋아하는 것으로 화제를 돌리고,
연인을 돋보이게 하고 싶다면
연인과 함께 보낸 행복한 시간에 대해 이야기를 하고,
상사를 돋보이게 하고 싶다면
상사가 최근에 벌인 성공적인 프로젝트를 화제로 꺼내는 일처럼.

나 자신이 좋아하는 것을 말하기에 앞서
당신은 무엇을 좋아하나요 라고 묻는 것은
생각보다 꽤 난이도가 있는 일이다.

모음의 비밀

유난히 말의 전달력이 좋은 사람들에게서 발견한 비밀.
그건 바로 모음이 입에서 나오는 순간이 차별화되어 있다는 것.

모음을 발화하는 순간 구강의 움직임이 가볍기 짝이 없다면
그 사람의 발음은 여지없이 경박해지고,
모음을 신중하게 발음한다면
남들보다 신뢰가 가는 화법에 가까이 가게 된다.

대부분의 연애 :
그 사람이 벗어두고 간 옷을 바라보다
그 옷을 들고서
그 사람 살내음을 맡으며 그리워하는 것.

대부분의 결혼 :
결국 언젠가는 그 사람이 벗어둔 옷에서
다른 여자의 살내음을 잡아내려고 애를 써보는 순간을 맞이하
고야 마는 것.

세 남 자 중 하 나

나를 매혹시키는 남자는 셋 중의 하나.

같이 살고 싶거나
같이 떠나고 싶거나
혹은 같이 죽고 싶거나.

연애와 상처의 함수에 대하여

내가 매주 녹화에 참여하고 있는 프로그램 〈마녀사냥〉의 '그린 라이트를 꺼라' 코너에선 연애를 하고 있는 와중에 생겨난 고민거리에 대한 생각을 많은 이들과 나눠보고 있다. 그중에서도 특별히 기억 남는 사연 하나가 있는데, 그건 바로 내가 늘 마음에 중요하게 품고 있는 두 단어, '자존감'과 '치유'에 대한 고민이었다.

사연은 이 년째 연애중이지만 은근히 그녀와의 관계에 지친 한 남자의 하소연으로 시작한다. 한 치의 흐트러짐도 없이 자신을 컨트롤하는 모습에 반해 사귀기 시작했지만, 옷차림이나 화장이 마음에 들지 않는다는 이유로 두 시간 반씩 처음부터 다시 준비를 하거나, 4박 5일간 함께 여행을 떠나도 민낯을 한 번도 보여주지 않는 그녀의 모습이 이해되지 않는다는 것이 그의 얘기였다. 옆에서 아무리 예쁘다고 말해줘도 외모에 대한 강박 때문에 자연스런 데이트도 불가능하고, 마주치는 모든 여자들을 견제하고 모두 적으로 돌리는 태도 때문에 불편하다는 것. 그가 보내온 모든 문장에는 괄호 안에 이 문장이 들어 있었다.

'이렇게 자존감 낮은 여자, 진짜 문제 있지 않아요?'

아무리 사연을 보내온 자가 노력을 한다고 해도 '이렇게까지 자존감이 낮은 상태라면 둘이 정상적인 연애를 하는 데 어려움이 있을 것이고 그러니 이 관계는 헤어지는 것이 낫다'는 토크가 이어졌다. 하지만 나는 그린라이트를 끄지 못했다. 사연 속 그녀가 자존감이 많이 부족한 것도 맞고, 그 상태로 계속 만난다면 남자가 여자에게 이별을 고하는 것도 시간문제라고 판단하긴 했지만 '그녀가 왜 그렇게 되었을까'를 자꾸 생각하게 됐다.

단지 예쁘게 태어나지 못했다는 이유로 십대와 이십대를 관통하며 경험했을 외모에 대한 세상의 은근한 차별은 마음속에 상처로 남았을 것이다. 고군분투해서 살도 빼고 자신에게 맞는 메이크업 테크닉도 알게 되었을 테지만, 과거에 받은 마음속 상처로, '예전 모습을 절대 들키면 안 돼' '예쁘지 않으면 사랑받을 수 없어'라는 생각으로 여자를 끊임없이 몰고 들어가곤 했을 것이다.

자신이 선택할 수 없었던 것에 의해 차별받는 건 예쁘지 않게 태어난 한국 여자에게 그리 드문 경험도 아니다. 다만 그녀가 자신의 상처를 재빨리 치유하지 못했다는 이유만으로, 누가 먼저 그녀를 비난할 수 있을까. 집 앞에 자신을 만나러 온 남자친구를 두 시간 반이나 더 기다리게 한 그 이기적임과 매너 없음을 비난할 수 있을지라도, 그녀의 낮은 자존감 자체를 비난할 수는 없었다.

사람들은 쉽게 말한다. 자존감이 낮은 사람은 연애하는 데에 문제가 생길 소지가 크다고. 마음이 건강한 사람과 연애를 해야 좀더 행복할 수 있다고. 물론 이 말은, 많은 경우 옳다. 자존감이 낮은 상태의 사람은 상대방의 호의를 곡해하기도 하고, 의존적이거나 혹은 자기파괴적인 행동으로 연인을 당황시키기도 하니까. 아무리 좋은 음식이라도 소화기능이 현저히 떨어진 사람에겐 결국 소화불량만 일으키는 것처럼 말이다. 그리고 설상가상으로, 연애를 할 땐 감정의 영역이 더 지배적이 되기 때문일까? 자기가 갖고 있는 트라우마를 오히려 자극하고 후벼파는 관계(가부장적이고 폭력적인 아버지에게 양육된 딸이 어른이 되어서 아버지와 비슷한 성향의 남자를 선택한다든가 하는)에 빠지는 일까지 있으므로, 치유되지 않은 상처와 건강한 연애란 공존하기 쉽지 않다고 말해도 좋겠다.

내가 좋아하는 사람과 친밀하고 사적인 애착관계를 가진다는 것은 그 자체만으로 삶의 온기를 높여주는 일이기에 작고 슬펐던 기억을 잊는 데는 분명 도움이 되겠지만, 연애 상대라는 이유로 상대방의 정서적 문제를 다 감당해야 할 이유는 없으니까.

내면의 상처를 극복하고 자존감을 높이기 위해 가장 중요한 것은 연애를 배제한 다른 일상에서 '성취의 경험'을 하는 것이다. 타인에게 진심으로 사랑받고 인정받는 일이 연애가 아닌 다른 영역에서도 가능하다는 것을 확신하는 순간 비로소 '연애를 안 해도 꽤 행복하지만 연애를 해서 이 행복을 함께 나누고 싶은' 상태에 이를 수 있다. 그 상태가 되면, 누군가를 만나 혹 또다른 종류의 상처를 입는다 해도 크게 절망하지 않으며, 오히려 더 단단한 내면을 갖게 될 것이다.

그리고 '나의 이 상처를 치유해줄 사람을 찾기 위해 눈을 크게 뜨는 것'이 아니라 '내가 갖고 있는 상처 그 자체에 눈을 크게 뜨는 것'도 중요하다. 내 상처의 크기가 어떻고 부위가 어떻고 진행상황이 어떤지, 집요하게 파고들어 혼자 서는 것이 중요하다. 상담도 필요하다면 당연히 받아야 한다.

행복한 척, 아무 상처도 없는 척 자신을 가장하는 것은 마치 앞서의 사연 속 여자가 한 번 외출에 두 시간 반 동안 자신을 꾸미는 일과 같아서, 당사자는 늘 전전긍긍하고 지켜보는 사람은 진이 빠지는 일이 된다. 상처를 입은 자여서 사랑받을 수 없는 것이 아니라, 상처가 없는 척 가장하는 자이기에 사랑받지 못하는 것이다. 완벽히 솔직하게 자신의 상처에 대해 눈을 뜬 바로 그즈음, 그 상처를 보여주어도 괜찮을 사람이 누구인지 판별할 수 있는 눈도 함께 열리게 마련이다.

사랑과 치유도 하나의 관계에서 모두 이뤄지길 원한다면, 자신의 상처를 인식하고 혼자 서는 것 그리고 절대 만나서는 안 되는 부류의 사람을 인식하는 문제가 먼저 해결되어야만 한다.

상처받은 사람들로 넘쳐나는 차가운 현대의 도시, 따뜻하게 충만히 사랑받고 싶은 그 마음이 온전히 이해받기 어려운 세상인 것은 틀림없지만, 치유의 황홀경을 접하는 것은 역설적이게도 트라우마를 갖고 있던 사람들이다.

연애가 우리의 모든 상처를 치유해줄 순 없겠지만, 애초에 갖고 있던 상처를 어떻게 대하느냐에 따라 우리의 사랑이 제각기 다른 길로 가는 것은 흥미로운 일이다. 상처 때문에 사랑에 실패할 것인가, 상처로 인해 좋은 사랑을 선택할 수 있게 될 것인가. 답은 열려 있고, 우리들 각자에게 남겨진 시간이 그저 충분했으면 한다.

잔 소 리

그에게 잔소리를 하고 싶다면 그전에 한 가지를 생각해야 한다.
그저 내 속이 시원하고 싶어서 하는 배설의 말인가.
아니면 정말로 그 사람이 걱정돼서 하는 말인가.

그에게 잔소리를 들었다면 그후에 한 가지를 생각해야 한다.
이것이 나의 존엄을 해하는 말인가.
그렇지 않은 말인가.

잔소리를 하는 모든 연인이 불행해지는 것은 아니지만
잔소리를 하는 어떤 연인은 확실히 불행해진다.

바 람

여럿에게 관심받아도 배고팠던 이십대를 지나
둘이어서 행복한 삼십대를 보내고 있다.
혼자여도 충만한 사십대였으면 한다.

욕망

착한 여자는 천국에 가지만 나쁜 여자는 어디에나 간다는 말이 있다지. 욕망을 숨기고 착한 여자가 되느니 욕망을 말하는 나쁜 여자가 되겠다.

자신을 소중하게 생각하지 않는 여자를
소중하게 대해주는 남자는 없다.

자신을 소중하게 생각하는 여자를
소중하게 대해주지 않는 남자도 더러 있다.

다만 확실한 것은
자신을 소중하게 생각하는 여자만이
자신을 소중하게 대해줄 남자를 선택할 눈을 갖게 된다는 것
이다.

선택당하고 싶어 안달난 여자가 될 것인가.
떳떳하게 선택하는 여자가 될 것인가.

연애할 때든 일하는 곳에서든
절대 하지 말아야 할 말이 하나 있으니
그건 바로 '난 당신밖에 없어요'라는 말이다.

이쪽에선 진실함의 표현으로 한 말이
저쪽에선 능력 없음의 코드로 읽히는 경우가
생각보다 아주 자주 일어나기 때문이다.
'넌 나밖에 없으니까 내가 어떻게 해도 나를 떠나지 못하겠지.'
'넌 여기밖에 없으니까 회사가 어떻게 해도 잠자코 있겠지.'

누구든 만날 수 있지만 지금은 당신을 선택했어.
어디든 갈 수 있지만 지금은 이곳을 선택했습니다.

우스워 보이지 않기 위해
기억해야 할 문장이 참으로 많다.

이런 말이 있다.
"제대로 된 사람을 만났다는 가장 분명한 증거는, 함께 있을 때
의 변해가는 내 모습이 마음에 드는 것."
혼자 있을 때보다 행복해질 거라 믿고 연애를 택하지만
혼자 있을 때보다 되려 불행해지는 연애를 하게 된 이들에게
그 어떤 날카로운 조언보다 선명한 기준이 되는 말이다.

요즘 나는, 내가 변해가는 모습이 무척 마음에 든다.
그걸로 됐다.

둘을 위한 단 하나의 소실점

여자 : 사랑과 관계에 대한 심각한 상실감
남자 : 저 여자는 어떨까 하는 단순한 호기심

결혼 적령기

탄탄한 직장에서 적당히 커리어를 쌓았을 때?
서울에 그래도 집 한 채 마련할 기반이 쌓였을 때?
아이를 볼 때면 뭉클하고 부러운 감정이 들 때?

결혼을 하기에 가장 적당한 때란 역설적으로
결혼해도 대단한 행복이란 없다는 걸 알게 되는 때.
그 사람의 가장 아름다운 모습에 반했을 때가 아니라
가장 추한 모습을 받아들일 수 있게 되는 때.
혼자서 사는 일도 썩 자신 있지만
그래도 둘이 함께이고 싶다고 생각하는 바로 그때.

아 버 지

어렸을 때 나의 아버지는
시간에 대해서는 세상 누구보다 엄하게 대하셨다.
정신없이 친구들과 놀다 조금 늦게 집으로 돌아갔을 때
나를 기다리고 있는 건 아버지의 어마어마한 분노였다.

시간에 대한 강박과
분노에 대한 공포는
결과적으로 이후의 나를 움직이게 한 동력이자 회초리가 되었다.
원치 않았으되 받아들여야만 했던, 아버지로부터의 슬픈 유산.

좀 느긋한 아버지였다면 어땠을까?
좀 따스한 아버지였다면 어땠을까?

어쩌면 내 고단했던 연애의 시간은
내가 오래도록 원했던 아버지의 모습을 찾아 떠난
슬픈 여행이었는지도 모른다.

하지만 그 슬픈 여행을 끝내는 유일한 방법은
내가 원했던 아버지 같은 남자를 만나는 것이 아니라
내 안의 아이를 훌훌 떠나보내는 것임을 나는 잘 알고 있다.

따스한 부모에게서 태어나지 못한 모든 이에게
작은 위로가 되기를.

더 이상 예고는 없어

어릴 땐, 뭔가가 끝나는 순간에 늘 예고가 있었다.
학교 종이 땡땡땡 치면 운동장에 나가 놀 수 있었고
애국가가 들리면 놀다가도 집에 가야 한다거나 하는 식으로.

하지만 어른이 된다는 건
좋은 시간도 지겨운 나날도 이렇다 할 예고 없이 종료되는 일.

평생 다닐 줄 알았던 회사에서는 예고 없이 잘려버리고
이십 년은 더 사시겠지 했던 부모가 갑자기 이별을 고하고
아이를 가질까 말까 고민하던 여자에게 선택권이 사라져버리는
일처럼.

예고 없이,
종소리 없이,
그런 식으로.

돌아보지 마

자동차 핸들을 잡고 뒤를 돌아보는 일이 허락되는 건
브레이크를 완벽히 밟아 멈추어 서 있을 때뿐.
조금이라도 차가 움직이고 있을 때 뒤를 돌아본다면
비틀비틀 쿵,
사고를 내고야 말 것이다.

그러니까
돌아보고 싶다면 멈추는 것이 먼저.
달리기로 마음먹었다면 돌아보지 않기.

있잖아,
결국 누구든 혼자일 뿐이라고 생각하면
사실 무서울 것이 없어.

묵묵히 일해 경험을 쌓는다.
사내에서 절대 없어서는 안 되는 사람으로 성장한다.
어느 날 사표를 써 웃으며 그 손에 쥐여준다.

불안과 공포

어려서부터 여자는 항상 불안과 공포를 학습당한다.
"밤에 골목길을 혼자 다니면 위험해."
"그렇게 옷을 입으면 위험해."
"남자를 함부로 만나는 건 위험해."

판단의 기준이 '무엇을 할 자유'가 아니라
'무언가를 하지 않아야 얻어지는 안전'이라는 일.
이 사회에서 여자로 성장하는 일.

어떤 남자를 만나야 좋을까 라는 질문에 대해
그러므로 나는 이 불안과 공포를 이해하는 남자라고 말하겠다.
'아니 그게 어째서 불안하다는 거야'라며
코웃음 치지 않는 남자여야 한다고 말하겠다.
하지만 당신이 그 불안을 조금씩 내려놓을 수 있도록
응원하는 남자여야만 한다고 말하겠다.

쇼핑

처음에 돈을 벌기 시작했을 때는 정말 '필요한 것'을 사들였고, 그러다 어느 때부터인가는 '있으면 좋겠다 싶은 것'을 사게 되었고, 이제는 그저 '갖고 싶은 것'을 산다. 꼭 그것이 필요하지는 않은데도.

쇼핑에 더 많은 돈을 써도 예전만큼 행복하지가 않은 것은 어쩌면 이 때문이 아닐까? 필요함을 해결했다면 그것을 사용하는 내내 지속적인 안정감을 얻겠지만 갖고 싶다는 감정은 한 번 해결되면 끝이니까.

나의 돈이 정말로 필요한 곳을 찾는 것부터 시작해야 하는 이유.

어렸을 때 사촌오빠가 해준 이야기.
사람의 삶은 네 가지에 의해 결정된다는 것.
어떤 부모에게서 태어나는가. 어떤 교육을 받는가.
어떤 직업을 택하는가. 어떤 배우자를 만나는가.

부모를 선택하는 일은 불가능하고
그 부모가 교육을 결정하게 마련이니
삶을 가르는 요소 중 절반은 그저 주어지는 운명이고,
직업과 배우자는 자신이 선택하는 것이니까
어떤 직업을 가질지와 어떤 배우자를 택할지에 대해
치열하게 고민하지 않으면 안 된다고 오빠는 말해주었다.

하지만 오빠, 부모와 교육 수준이 정해지는 순간
우리가 택할 수 있는 직업의 한계가 정해지고,
직업이 정해지는 순간 결혼 가능한 사람도 정해지는 거잖아요.
선택할 수 없는 것을 선택할 수 있다고 믿어버린다면
오히려 더 큰 좌절을 맛보게 되는 것이잖아요.

저는 사람의 삶이 그 네 가지에 의해 결정된다고
이제 더이상 생각하지 않아요.

행복의 기준을 무엇으로 두는지
불행하다 느껴질 때 어떻게 행동하는지
어떤 사람들과 깊이 교류하는지
일과 삶을 얼마나 적절히 배분하는지
이것이 사람의 삶을 나누는 기준이라고 생각해요.

오빠는 여전히,
그 네 가지가 사람의 삶을 만든다고 생각하나요?

직장생활 좀 해본 여자 :
섬세하지만 그렇다고 까탈스럽지는 않기.

직장생활 좀 해본 남자 :
무던하지만 그렇다고 무심하지는 않기.

졌다 졌어

'오늘은 확실히 졌다'라는 기분이 들게 되는 날이 있다.

하지만 졌다고 해서
뭐 죽는 건 아니니까.

'전처가 내연남과 동침한 데 격분해 전처와 내연남을 흉기로 찌른 삼십대가 경찰에 붙잡혔습니다.'

이 기사에 아무도 문제를 제기하지 않는다. 이혼을 해 이미 혼인관계가 정리되고 새로운 삶을 찾으려는 여자는 보이지 않는다. 한 번의 아픔을 경험한 여자를 따뜻하게 안아주는 한 남자도 보이지 않는다.

한번 이혼한 여자는 그저 어떤 남자의 '전처'일 뿐이고, 혼인신고서를 작성하지 않은 커플은 '내연의 관계'로만 설명된다.

사건의 정황은 가해자 입장에서 기술되며, 가해자의 행동만이 중요하게 여겨진다.

물론 기사 하나만으로 모든 걸 알 수 없다. 하지만 사람을 죽이려고 할 정도로 잔인함을 가진 남자와의 결혼에서 겨우 탈출해 이제야 제 짝을 만나 따스하게 팔베개를 한 채 잠을 청하던 여자가 있고, 그 짝이 전남편이 휘두른 흉기에 찔려 비탄에 빠진 심정을 그려보면 몇 번을 다시 생각해보아도 조용히 치를 떨게 되는 것이다.

때로 언어는 칼보다 무참한 폭력이다.
그렇게 쓰면 안 되는 거라고 말하는 사람이 이 세상에는 필요
하다.

뉴욕에서 만난 한 호텔리어가 나에게 이런 이야기를 했다.
"웃어라, 세상이 너와 함께 웃을 것이다. 울어라, 너 혼자서만
울게 될 것이다. 이 말은 반만 맞는 말이에요. 이 세상은 마치
거울과 같아요. 내가 웃으면 세상이 나와 함께 웃겠지만, 내가
찡그리면 모두가 나를 보고 찡그리게 되는 거죠."

나는 그녀의 말이 어쩌면 또 절반만 맞을 거라고 생각했다.
내가 웃으면 세상도 나를 향해 웃어주겠지만,
내가 먼저 울지 않는다면 세상은 누군가를 위해 울어주지 않는다.

가장 먼저 울고,
가장 늦게까지 함께 울어줄 수 있는 사람이
세상에는 필요하다.

가끔 생각한다.

자본주의 사회에서 패션잡지의 기자로 산다는 것에 대해.

좋은 음식, 좋은 차, 좋은 옷, 최고급 휴양지가 우리의 남은 생을 얼마나 풍요롭게 해줄 것인가에 대해.

그리고 그럼에도 불구하고 우리들 스스로는 얼마나 외로운가에 대해.

우아한 캐멀컬러 지방시 판도라백이 내 하루의 무게를 얼마나 덜어줄 수 있을까?

발리의 세련된 신상 스퀘어백은 나를 좀더 가치 있는 여자로 보이게 해줄까?

자본주의를 벗어난 우리를 상상할 수는 없는 일이지만, 가끔 백화점에서 주저앉아 아이처럼 엉엉 울고 싶은 충동의 정체는 뭘까?

가족은 어디에나 있다

지금 내가 하고 있는 일을 손에서 내려놓고
특별한 것이 없는 소박한 하루하루를 보내게 되더라도
내 곁에 남아 있을 사람, 얼마나 있을까?

함께 있을 때 침묵마저도 자연스럽게 공유할 수 있는 사람,
구태여 나에 대해 설명하지 않아도 마음이 편안한 사람,
오랜만에 연락했지만 머뭇대지 않아도 되는 사람,
내가 어떤 상태이든 응원할 준비가 되어 있는 사람,
내가 힘들 때면 진심으로 응원할 수 있는 존재,
오직 나의 가족이어야 가능하다고 생각했던 어떤 일들을 타인
에게 기대하게 되는 일.
날 때의 혈육이 아닌 새로운 가족을 만드는 일.

우연히 들른 동네의 백반집에서 김치찌개를 먹고 일어나던 길.
"아따 밥을 어째 이리 조금만 드시었소잉" 하고 딸내미에게 원
망하듯 주인 아주머니가 말을 건네는 순간,
나는 문득 "엄마" 하며 와락 안기고 싶었다.

혼 자 밥 먹 기

회사를 미련없이 그만두고 나서 정말 좋아하게 된 것 하나는, 혼자 밥 먹는 시간을 확보하게 되었다는 것이다.

혼자 조용히 먹고 싶지만 '팀원과의 교류가 중요'하다며 모여 밥을 먹어야 하는, 업무시간이 다 끝났는데도 '이것 역시 업무의 연장'이라며 모여 술을 먹어야 하는, 직장인의 서글프고 억지스런 밥 풍경.

허겁지겁 아침을 먹는 둥 마는 둥 하고 나온 후에 단 한끼도 조용히 생각을 정리하며 음식을 먹을 수 없다는 것이 얼마나 나의 일부분을 지치게 했던 걸까?

어쩌면 나의 월급의 일부는, 혼자의 편안함을 포기한 대가도 포함되어 있었을까?

혼자 밥 먹는 사람을 용납하지 않는 회사는 용납할 수 없다.
혼자 밥 먹는 사람을 이해하지 않는 회사를 이해할 수 없다.

얼마 전 아이를 낳은 친구의 집에 초대받아 밥을 먹었다.
자연스레 그녀는 아이로 인한 행복에 대해, 나는 조카들과 함
께한 추억에 대해 이야기하게 되었다.
갈비찜을 내온 친구는 씩씩하게 밥을 한 술 털어넣으며 말한다.
"정은아. 아이가 주는 행복이 이렇게 푸짐한 갈비찜 같은 거라
면, 조카가 주는 행복은 이거이거, 이 간장종지 같은 거야. 그러
니까 너도 조카한테 잘해주기보단 네 아이를 빨리 가져야 돼."

친구야, 갈비찜 먹게 된 것 축하해.
하지만 모두가 갈비찜을 먹고 싶어도 아무나 갈비찜을 먹을 수
는 없는 거야. 갈비찜을 먹고 싶지만 그냥 간장에 밥 비벼 먹는
사람들을 이해하지 못한다면, 네가 낳은 아이가 행복해지는 세
상은 아마 오지 않을 거야.

사 주 카 페

사주니 타로점이니 하는 것을 가끔, 아주 가끔 본다.
동료의 소개로 우연히 알게 된 곳인데, 잘 맞추는 것은 둘째치
고 따스한 목소리로 상담해주는 것이 마음에 쏙 들었다.

재미있는 건 이런 곳에 대한 이야기를 했을 때
여자들은 "거기 어디야? 당장 번호를 좀 줘!"라고 말하는데
남자들은 대부분 코웃음을 치며 "에이 그런 걸 믿어?"라고 말
을 한단 거다.

운명을 말해준다는 사람의 이야기를 맹신하는 것은 측은해 보
이기도 하지만, 누군가에게라도 속마음을 털어놓고 싶어지는
마음을 이해하지 못하는 것은 더 측은하다.
"듣고 싶은 말만 들을 거면서 뭐 그런 데다 돈을 써?"라고 말
하는 사람보단 "가끔은 그런 곳에 가보는 것도 나쁘진 않지"라
고 말하는 여유가 있는 사람이 좋다.

평범한 일상의 시간도 사실은 여행이나 다름없는 날들임을 깨
닫는 것, '지금'이 아니라면 '다음'은 영영 없을지도 모른다는 것
을 깨닫는 것, 그리고 함께 떠난 이 사람과 참 좋은 한 팀임을
알아차리게 되는 것.

몇 년 전에, 다카하시 아유무라는 작가를 만난 적이 있다. 결혼 후 사흘이 지나, 아내와 훌쩍 세계여행을 떠나 이 년간 돌아다녔던 남자. 그후 자신의 아들딸까지 함께 이 년째 세계여행중이었던 남자.

자유롭게 여행을 다니면서도 출판사, 학교, 레스토랑, 여행사를 운영하는 그에게 안정과 자유를 동시에 누릴 수 있는 비결이 무엇이냐고 묻지 않을 수 없었다.

"안정과 자유를 동시에 누릴 수 있는 비결이요? 그건 바로 믿을 수 있는 파트너를 만나는 것이죠. 그리고 떠나고 싶을 때 당장 떠나세요. 길어야 여든 살. 하고 싶지 않은 일을 하면서 시간을 보내기에 삶은 너무나도 짧으니까요. 어떤 나라에 가고 싶다는 마음이 든다는 건 그 나라의 무언가가 나를 부른다는 겁니다. 망설일 시간에 저는 항공권부터 사요. 돈이 별로 없던 이십대 때부터 저는 그렇게 해왔어요."

아. 아무튼 발리행 티켓부터 끊자.

띠릭띠릭, 문자가 도착했다. 엄마가 보낸 문자다.
'추운데 잘 지내니. 너희랑 같이 한집에서 살 때가 많이 그립다.'
뿔뿔이 흩어져 살다 서너 달에 겨우 한 번 만나는 자식들이 얼마나 그리우실까. 바쁘다는 핑계로 연락도 자주 못 드렸던 것이 못내 죄송한 순간이다.

엄마는 내 나이 때 이미 삼남매를 억척스럽게 길러내는 슈퍼맘이었는데, 나는 왜 내 몸 하나 건사하기가 이다지도 힘든 건지. 이번 주말에는 엄마를 찾아가 그 이유를 좀 여쭤봐야 할 것 같다.

뒷 담 화

타인의 흠에 대해 뒷담화를 자주 꺼내는 사람은 멀리해야 한다. 그 사람이 언젠가는 나의 뒷담화도 다른 이와 하려고 할 테니까.

하지만 그 사람을 의식적으로 멀리하기가 수월하지 않은 상태라면, 그의 뒷담화에 말을 보태지 말고 '그랬군요'로 시작해 '그런데 말이에요'라며 다른 이야기로 화제를 돌리는 것이 좋다.

만약 자신이 습관적으로 뒷담화를 꺼낸다면 기억해야 한다. 타인의 흠에 대해 뒷담화를 자주 꺼내는 것은 무엇보다 스스로에게 나쁘다. 그런 사람일수록 상대는 '만만하다'고 느껴서 결국 그 역시 남의 뒷담화 소재가 되고야 말 테니까.

뛰 지 마 세 요

플랫폼에 서서 열차를 기다리다 문득 천장에 붙어 있는 화면을 본다. 다음 열차는 언제 오는지, 그다음 열차는 뒤이어 어디쯤 오고 있는지, 친절하게 열차 모양의 그림으로 알려주는 화면. 이 안내 시스템이 등장한 이후로 나는 늦은 밤 지하철에서 미친듯 뛰지 않게 되었다. 그리 오래 기다리지 않아도 다음 열차가 온다는 것을 예측할 수 있으니까.

사람이 왔다가 떠나가는 때에도
이런 사인을 어디에선가 읽을 수 있다면 어떨까.
이 열차가 오늘의 마지막 열차가 아니듯,
이 사람이 내 인생의 마지막 기회는 아니라는 사인.

많은 경우 우리는 '이것이 마지막일지 몰라'라는 생각으로 일을 그르치곤 하는 것이다.

노동과 소비

어렸을 때 나는 외식이라는 것을 한 번도 경험해보지 못했다.
"직접 만들어 먹는 것이 훨씬 저렴한데, 구태여 돈을 많이 쓸
필요가 있겠니?"
한 푼이라도 더 모아야만 했던 부모님에게 외식은 곧 사치의
다른 이름이었다.

시간이 흘러 나는 부모님이 열심히 땀흘려 벌던 돈보다 훨씬
많은 돈을 번다. 그리고 부모님이 알면 깜짝 놀라실 만큼 많은
소비를 한다. 열심히 벌어 열심히 저축만 하다 늙음을 맞이하
고 싶지 않다. 열심히 벌어 지친 몸을 누일 콘크리트 박스를 마
련하는 일에 관심이 없다.

다만 나는 내가 가치 있다고 믿는 일에 돈을 쓰고 싶다.
열심히 벌어 귀하게 쓰다 가기 위해 나는 오늘도 돈을 번다.

고군분투의 자세

아무 까닭 없이, 아무 증거도 없이 무한긍정을 하는 일은 쉽지 않다. 거울을 보고 '나는 할 수 있어!' '나는 사랑받을 가치가 있어!'라고 주문을 외는 것이 자신의 삶에 얼마나 오래 영향을 미칠 수 있겠는가.

나는 이 외모지상주의 가득한 곳에서 예쁘게 태어난 사람이 아니었고, 이 물질 만능의 자본주의 사회에서 부유한 집안의 딸로도 태어나지 못했지만, 내가 늘 긍정적인 마음으로 자신 있게 살아갈 수 있게 된 것은 선천적으로 주어진 조건과는 상관없었다. 내가 선택한 직장에서, 내가 하고 싶던 일을 하면서 내가 나의 능력을 알게 되고, 그를 통해 성취감을 느낄 기회가 정말 많았기 때문이다.

고통과 실망으로 가득한 세상에서 나를 지키는 길은, 내가 몰두할 수 있고, 그럴 가치가 있는 일 속에서 성취감을 느끼는 것이다.

무 서 운 진 실

언젠가 상사가 술이 거나하게 취한 채로
"너는 왜 술자리에서조차 너를 놓지 않니?"라고 물었다.
그때 나는 "왜 저를 놓아야 하는데요?"라고 되물었다.

긴장을 풀고 형식을 벗는 일은 회사에서 자신의 인간적인 면모
를 어필할 수 있다고 상사는 말하고 싶었을 것이다.

하지만 나는 한 번도 그러지 않았다. 인간적인 면모를 드러내
기 위해 자신을 내려놓는 순간, 놓고 싶지 않은 것까지 다 놓
게 될 수도 있는 게 조직생활이라는 것을 구태여 나의 체험으
로 증명하고 싶지는 않았기 때문이다.
생각해보면 우스운 일이다.
사실은 서로의 진짜 모습이 별로 궁금하지도 않으면서.

종 이 신 문

언제든지 스마트폰만 켜면 실시간으로 업데이트 되는 뉴스를
볼 수 있는 세상, 그럼에도 불구하고 나는 종이 신문을 본다.
작은 화면 속에 입맛대로 편집된 헤드라인에서는 발견되지 않
던 무엇을 종이 신문에서는 발견하는 일이 있기에.
열심히 일한다고 생각하는 미디어에 자신의 돈을 내는 행위는
중요하다. 돈을 내면서 어떤 매체를 구독하는 사람이 많은 세
상엔 희망이 있다.

몸 매 냐   태 도 냐

자신감 넘치는 외모, 누가 보더라도 호감을 끌 수밖에 없는 모습. 모두가 원하지만 아무나 이것의 주인공이 될 수 없는 이유는 이것이 단지 탄력 넘치는 몸매만으로 만들어지지 않는 것이기 때문이다.

몸매를 아무리 열심히 가꾸어 모델 부럽지 않은 상태를 만들었다고 해도 '난 절대 이 몸매를 잃어버리면 안 돼'라고 생각하는 순간, 그 불안이 그녀의 자신감을 조금씩 잠식하기 때문이다.

일을 하면서 만났던 수많은 사람 중에 커리어적으로 의미 있는 성공을 거둔 여자들의 공통점이 있다면 그것은 그녀가 어떤 몸매를 가졌든 '나는 완벽하지 않아도 지금의 내가 정말 맘에 들어'라는 태도를 온몸으로 발산하는 것이었다. 배가 좀 나왔어도, 키가 좀 작아도, 치아가 고르지 못해도 '주눅들지 않음'의 에너지에 주변이 압도되는 느낌.

아무리 필사적으로 노력해도, 몸매는 언젠가 무너지는 법. 몸매가 무너지기 시작할지라도 우리를 아름답게 유지해주는 것은 오로지 태도의 힘이다.

손목에 차는 시계 하나에 3천만 원,
어깨에 메는 가죽 가방 하나에 350만 원,
향수 하나에 25만 원,
럭셔리 리조트 1박에 120만 원.

패션잡지 회사에서 일한다는 건 도저히 내 월급으로는 살 수 없는 제품들에 대해 당장에라도 살 수 있을 것처럼 포장해 기사를 내는 일이기도 하다.
그래서 어떤 사람들은 말한다. 보통 사람들이 사기 힘든 것들을 사라고 유혹하니 잡지는 된장녀의 교과서가 아니냐고, 과소비를 조장하는 것 아니냐고. 물론, 뭐 어떤 사람은 잡지를 보다 과소비를 하게 될 수도 있겠다.
하지만 과소비를 하게 될까 두려워 잡지를 보지 않는 것도 좀 우습다. 지금 최고의 제품으로 일컬어지는 것들을 통해 안목을 키우고 그 최고의 제품들이 표현하려고 하는 광고 콘셉트를 읽어내며 다양한 즐길거리에 대한 정보를 통해 삶의 순간을 변화시키는 것.

단돈 5천 원이 나의 삶에 가져다줄 수 있는 미세한 변화.
나는 그것이 잡지가 가야 할 길이라고 믿는다.

정말 재미있는 일이다.
같은 책 한 권을 놓고도, 어떤 이는 된장을 운운하고, 어떤 이는 안목을 키우는 일.

입사 성적도 꽤 좋았고 스스로에게 자신감도 충만했던 신입 직원이 결국 시간이 흘러 조직생활을 포기하게 되는 이유 중 하나는, 학창시절에 익힌 '내 공부만 열심히 하면 되겠지'라는 명제에서 빠져나오지 못해서다.

'내 일만 열심히 하면 되겠지'라는 생각은 사실 길어야 3년차까지만 먹히기 때문이다. 그다음 시기의 커리어를 가늠하는 것은 바로 '평판'.

조직에서의 평판이란 단순히 일만 잘한다고 얻어지는 것이 아니어서 상사에게는 언제나 '제가 해보겠습니다'라고 말하는 사람이어야 하고, 부하에게는 평소에 자신이 상사에게 듣고 싶었던 말을 할 수 있는 사람이어야 한다.

그렇게 해서 만들어진 '내 사람'이 있다는 것은 때론 특정한 업무 역량보다 더 중요한 자산으로 기능한다.

하여간 연애나 일이나,
'내 사람'을 찾는 일은 끝이 없다.

피라미드 가는 길

회사에서 일한 지 삼 년쯤 된 시점이었을 것이다. '대체 회사라
는 곳은 얼마나 더 오래 다녀야 좋은 것일까?'라는 질문이 나
의 머릿속을 떠나지 않기 시작한 것은.
그때 누군가가 내게 그렇게 말해주었다.
"앞으로 오 년 뒤가 궁금하다면 너보다 오 년 더 일한 선배의
모습을 보고, 앞으로 십 년 뒤가 궁금하다면 너보다 십 년 더
일한 선배를 보면 돼."

나보다 십수 년 먼저 일을 시작한 선배들이 가르쳐준 건 그렇게
열심히 버티고 또 버텨 피라미드 꼭대기에 올라섰지만 꼭대기
에 오르고 나면 바닥으로 내려오는 일밖에 남지 않았다는 것.
그러므로 피라미드에 오르는 일보다 중요한 것은 직업이 바뀌
어도 적용 가능한 '자신만의 영역을 만들어두는 일'이다.
'이 회사에서 어디까지 오르고야 말겠어'가 아니라
'이 회사에서 이 일에서만큼은 꼭 전문가가 되어보겠어'라는 생
각이 좀더 나은 성장을, 좀 덜 슬픈 추락을 약속할 것이다.

잡념의 노예

한 가지 생각이 또다른 생각으로 이어지고, 생각에 생각이 꼬리를 무는 증세를 겪는 사람이 정말 많다. 불확실성의 시대, 미약한 강박증이 합쳐지면 생각을 해도 해도 끝이 안 나는, 잡념의 노예가 되기 쉬운 탓이다.

'이렇게 되면 어쩌지?' '그게 아니면 어쩌지?' 그저 좀더 잘하고 싶었을 뿐이었겠지만 잡념의 노예가 되었을 때 생겨나는 가장 큰 문제점은 정작 자신이 하고 싶었던 일에 쏟을 에너지가 증발해버린다는 점이다.

잡념의 노예에서 탈출하고 싶다면
스스로를 제삼자의 시선에서 바라보는 훈련이 필요하다.
'내가 잡생각에 빠져 있구나' '지금 내가 정말 불안한 상태이구나'를 마치 남이 나를 주의깊게 바라보듯 연습한다면 지루하게 이어지던 잡념의 고리를 끊어내는 일이 가능해진다.

질문을 허공에 흩뿌리는 것이 아니라,
스스로에게 던질 줄 아는 용기가 필요하다.

하나. 집 구석에 '멍 때리기 전용' 스팟을 만들어둔다. 귀여운 소파와 은은한 조명, 따뜻한 러그 하나면 준비 끝.

둘. 브라질리언 왁싱을 경험해본다. 그리고 보들보들한 실크 속옷을 사서 그 감촉을 즐겨본다.

셋. 코코넛 향 샴푸, 아몬드 향 보디오일 등 좋아하는 음식의 향을 담은 제품을 사용한다.

넷. 햄버거나 피자를 먹을 때 향신료 '사프란'을 뿌려 먹어본다. 성적 흥분을 높이는 효과가 있다고 한다.

다섯. 샤워할 때 머리카락에 페퍼민트 오일을 살짝 뿌려본다. 머리를 움직일 때마다 상쾌한 향이 풍기도록.

여섯. 심심할 때마다 케겔 운동을 한다. 은밀하게.

일곱. Donna Summer의 〈Love to love you baby〉 같이 끈적한 라운지 뮤직을 틀어놓고 마스터베이션을 한다.

여덟. 야한 옷을 항상 옷장 앞쪽에 걸어두어 스스로 자신이 섹시한 여자라는 걸 각인한다.

나만의 방

이것만은 모른 척 넘어가지 마세요

그의 침대 위 테크닉이 별반 좋지 않다는 사실.
결국 피해자는 당신이 될 테니까.

결혼하자는 말에 오케이했지만 사실 확신이 별로 없다는 사실.
확신이 들 때까지 기다려주겠다고 말하지 않는 남자라면 어차
피 당신에게 필요한 남자가 아니니까.

지금까지 오르가슴을 느껴본 적이 없다는 사실.
그의 기분을 상하게 하고 싶진 않겠지만 어쨌든 오르가슴은
당신의 소중한 권리이니까.

그가 나를 배려하지 않는다는 서운함.
어떤 면이 서운한지, 어떻게 해주기를 바라는지 스스로를 대변
할 수 있는 건 당신뿐이니까.

어떤 사람은 "그건 여자의 비밀스런 주기인데 부끄럽게 왜 알
려줘?"라고 말하지만 또 어떤 사람은 "그걸 서로 알면 좋지 않
나?"라고도 말한다.

나는, 내 사랑하는 사람에게 내 몸의 주기를 알려주는 일이 좋
다. 또한 그 역시 나의 주기를 알려고 했으면 한다. 내 호르몬의
흐름을, 내 몸과 맘의 에너지의 흐름을 아는 사람과 더 깊은 말
의 대화를, 더 깊은 몸의 대화를 나눌 수 있다 믿기 때문이다.

몸의 자연스러운 일들에 대해, 자연스럽게 이해할 수 있는 사
이어야만 자연스럽게 깊어지는 관계의 주인공들이 된다.

어떤 배

결혼에 대해 이렇게 이야기하던 한 남자 지인이 있었다.

"나는 도대체 다들 왜 결혼을 하는지 모르겠어. 아니, 지금 내가 타고 있는 나무배가 아무리 초라해도 적어도 구멍 뚫리지 않았고 멀쩡히 잘 가는데 말야. 저 위에서 내려오는 구명보트에 뭐하러 올라타려고 하는거야? 구명보트에 막상 올라탔더니 갑자기 물이 샐 수도 있잖아. 뭘 믿고 다들 그렇게 용감하게 결혼을 하는 거야?"

많은 사람은 자신의 결혼이 낡은 나룻배에서 멋진 크루즈로 옮겨가는 일이기를 기대하지만, 그의 말처럼 많은 결혼이 낡은 나룻배에서 구멍 뚫린 보트로 옮겨 타는 일이 되는 것 같기도 하다.

영원히 한 배를 타기로 하는 일보다 중요한 건, 자신의 배를 잘 지키되 그 옆에 함께 흘러가는 배와 적절한 거리를 유지하는 것일지도 모른다. 어쩌면 가장 이상적인 남녀의 결합이란 결혼이 아닐 수도 있다.

그런데 참 인생이란 알 수 없는 일이다.
그가 얼마 전 나에게 청첩장을 보냈으니 말이다.

쩍 벌 남

피곤한 몸을 이끌고 지하철로 퇴근하는 어떤 늦은 밤에 옆사람에게 반쯤 그 몸을 기대고 다리를 90도쯤으로 벌린 채 코를 고는 남자를 본다. 눈을 뜨고 '의도적인 쩍벌'을 한 남자든, '취중쩍벌'을 할 수밖에 없는 남자든 가련한 느낌을 주는 것은 매한가지구나. 어떤 사람에게 매력을 잃어버리는 순간으로는 아주여러 가지가 있겠지만 어쩌면 그중 하나는 때와 장소에 합당한자세가 무너지는 순간이 아닐까.

진짜 나쁜 남자

사실 '대놓고' 나쁜 남자를 피하는 일은 어렵지 않다.
수시로 한눈을 팔고, 대놓고 딴짓을 하니까 오히려 알아보기
쉬울 것이다.

다만 진짜 나쁜 남자란 이렇다.

좋은 남자가 될 수 없으면서 좋은 남자인 척하는 남자.
그래서 여자로 하여금 어리석은 희망을 품게 하는 남자.
'조금만 더 기다려, 이대로도 좋잖아?'라고 너무 쉽게 말하는
남자.
대놓고 나쁜 남자보다 사실은 더 나쁜 게 그런 남자.

어쩌면 그 남잔 죽을 때까지 '난 나쁜 남자는 아니었어' 생각할
지 몰라도.

독 립

스물여덟 살의 9월, 나는 의기양양하게 "이제부터 혼자 살 거
예요"라고 말하고 집을 나왔고,
스물여덟 살의 10월, 나는 외롭다며 테이블 밑에 주저앉아 흐
느껴 우는 나를 발견했다.
울다 엄마에게 전화를 하니, 엄마는 언제든지 돌아오고 싶다면
돌아오라고 했다. 하지만 나는 오기로 돌아가지 않았고, 지금
까지 돌아가지 않고 혼자서 산다.
처음으로 쌀을 씻어 밥이라는 걸 해보고, 두루마리 휴지 한 개
를 편의점에서 사다가 휴지걸이에 손수 걸고, 팔짱을 낀 부부들
사이에서 커다란 빨래 건조대를 어깨에 들쳐메고, 혼자서 대형
마트에서 걸어나오며 묘한 서글픔을 느꼈던 나의 스물여덟.

혼자 살아보는 일은 지금껏 경험하지 못한 형태의 외로움에 자
신을 직면하게 하는 일이고, 그것은 한 번도 만난 적 없던 새로
운 자신을 만나게 되는 일이기도 하다.
혼자 살아보는 것이 어떨까 하는 마음이 있다면
혼자 살아보는 것이야말로 인간다운 삶이라 나는 감히 말하겠다.

여자들의 아주 오래된 질문 하나.
'그는 왜 전화하지 않았을까?'
이 의문 뒤에 선택할 수 있는 행동에는 두 가지가 존재한다.
첫번째, 어차피 나는 선택받지 못한 것이 틀림없으므로 그냥
잊는다.
두번째, 만나보고 싶으므로 일단 내가 전화해본다.

선택하는 것은 남자가 해야 할 일이라고 생각하는 여자에게는
서글픔이 남지만, 내가 얼마든 선택할 수 있다고 믿는 여자에
게 적어도 서글픔은 없다.
거절당하는 것을 두려워하는 여자에게 제2의 기회는 더디게
찾아오지만, 거절당해도 괜찮다고 믿는 여자에겐 의외의 기회
가 더러 찾아온다. 그저 창피당하지 않는 것이 중요한가, 나를
표현하는 것이 중요한가.
이것은 단지 전화하지 않는 남자에 대한 선택이 아니다.
이것은 결국 인생을 어떻게 살 것인가에 대한 선택이다.

칭 찬 을 반 사 하 지 마 세 요

타인에게 호감을 얻는 중요한 테크닉 중 하나는 바로 칭찬하는 것이다. 직관적으로, 진심을 담아, 남들 앞에서 칭찬하라는 매뉴얼도 있다. 하지만 남을 칭찬하는 일은 제법 능숙하게 잘하는 이도 막상 자기가 칭찬을 들었을 때는 손사래를 치며 '에이 아니에요' '에이 전혀 그렇지 않아요' '아이고 참 별말씀을'이라며 칭찬한 사람을 머쓱하게 하는 경우가 종종 있다. 칭찬을 대번에 받아들이면 없어 보일 수도 있다는 생각 때문일까? 아니면 스스로에 대한 자존감이 부족한 상태라 그 말을 믿지 못해서일까?

칭찬을, 기쁘게, 내 것으로 받아들이는 것은 어렵지 않다. '정말요? 그럴 리가요'에서 '정말요? 감사해요'로 바꾸는 것으로 충분하다.
남을 기쁘게 칭찬하고, 남의 칭찬도 기쁘게 받는 것은
어떤 관계든 윤택하게 만드는 참 단순한 지름길이다.

이 상 적 인 일 주 일 의 밤

일주일에 이틀 정도는 혼자서 고요하게,
사흘 정도는 내가 좋아하는 남자와 뜨겁게,
또 하루는 친한 친구 몇과 수다 떨다 스르륵,
남은 하루는 사랑하는 엄마 품에서 아이처럼.
그렇게 일주일의 밤을 보낼 수 있다면 좋겠다.

어떤 삶의 형태를 선택한다는 것은
다른 형태의 밤을 선택할 수 없게 되는 일과도 같아.
이 밤과 저 밤을 모두 선택할 수 있는 삶이 가능해진다면
우리 모두는 조금 더 행복해질지도 모를 일인데 말야.

다이알 비누

워터 클렌저와 아이리무버로 화장을 지우고
폼클렌저로 이중세안을 한 뒤
무실리콘 샴푸와 트리트먼트로 머리를 감고서
보디 전용 스크럽을 하고 보디클렌저로 씻어낸다.
여성청결제와 풋샴푸도 당연히 써야 함은 물론이다.
보디미스트와 보디로션을 섞어서 전신에 발라주고
스킨 로션 에센스 아이크림을 순서대로 꼼꼼히 바르고
시트팩을 붙였다가 이십 분 후 떼어낸 뒤 잠자리에 든다.

우린, 다이알 비누 하나로 온 가족이 온몸을 씻던 그 시절보다
정말 행복해진 것일까?

대지의 힘을 받아들이는 법

가수 '비'가 몸을 만들었던 기구로 유명하던가. 아, 영화 ⟨300⟩에 나온 배우들도 이걸 썼다고 했던 것 같다. 커다란 공에 손잡이가 달린 모양의 운동기구, 케틀벨 이야기다.

여러 가지 운동을 좋아하고 즐겨 하는데 그중에서 케틀벨을 유독 좋아한다. 케틀벨로 스윙을 하면, 대지의 에너지를 고스란히 내 것으로 받아들이는 듯한 기분이 든다.

그냥 이 악물고 운동하는 것이 아니라, 살 빼겠다고 고군분투하는 것이 아니라, 우주에 존재하는 어떤 에너지를 받아들이는 일을 하고 있다고 생각하면 운동하는 동안 더 행복해지는 것만은 틀림없다.

묘한 웃음을 흘리는 여자,
살짝살짝 교태를 부리는 여자,
술 한잔 사달라고 말걸 줄 아는 여자,
말할 때 비음이 섞이는 여자,

아마도 다른 이름으로는 '공공의 적'.

먼저 유혹할 수 있는 에너지에 대해, 그 발랄한 에너지를
'저렴하다'라는 단어로 치부하고 싶은 여자.

아마도 다른 이름으로는 '내가 바로 나의 적'.

별안간 '저와 한번 섹스해주시면 안 돼요?'라는 메일이 도착하는 것. '그 얼굴로 진짜 섹스 많이 해본 것 맞아?'라는 댓글을 보게 되는 것. 가끔은 전 남친과의 아련한 기억을 떠올려 글을 쓰기도 해야 하는 것. 그렇기에 내 글을 읽고 토라지거나 화내지 않을 남자친구를 만나야 하는 것. 하지만 다른 사람들은 꾹꾹 참고 말 못하는 은밀한 욕망들을 말할 수 있는 사람으로 사는 것. 엄숙주의가 지배하는 세상에 잔잔한 파문을 던질 수 있는 사람이 되는 것.

강아지를 기르게 되고 나서부터 정말 많은 것을 배웠다.

내 안에 있는 애착의 정서, 동물과 교감하는 일의 벅참, 원하는 것을 말하지 않아도 내가 알아서 먼저 챙겨주는 일의 어려움 등 아주 많은 것들이다.

내 강아지 쿠니가 내게 가르쳐준 것 중에서도 으뜸으로 치는 것이 있다. 노는 일에 대해서만큼은 마치 이것이 생애 처음이라는 듯 아니 이것이 생애 마지막이라는 듯 어마어마한 집중력을 발휘하는 그 순간이다.

그래, 나도 오늘이 마지막이라는 듯 놀아볼게.

섹시할래야 섹시해질 수 없는 남자

배 나온 남자?
못생긴 남자?
센스 없는 남자?
속 좁은 남자?

아니, 나에게 도저히 섹시할래야 섹시할 수 없는 남자는

여성성을 두려워하는 남자!
여성성에 매몰될까 두려운 남자!
원하는 것을 이야기하는 여자를 여자답지 못하다고 말하는 그런 남자!

주고 받는 기술

1. 블로그 방문자 수를 늘리고 싶을 땐 트위터와 페이스북이 답. 프로그램 '트위터피드'는 당신이 블로그에 올린 글을 트위터나 페이스북으로 자동으로 보내주므로 참고할 것.

2. 포스퀘어를 할 때 단지 어디 가서 뭐 먹었다는 식으로 활용하는 건 NG. 관심 분야가 카페라면 다양한 카페에 들를 때마다 마케팅적으로 분석하는 글을 올려 자신만의 팁과 목록을 만들 것.

3. 블로그를 만들 때 그저 일기를 쓰는 형식으로 쓰는 것보단 주제를 하나 확실히 정할 것. 장기적으로 운영하면 그 분야의 전문가라는 타이틀을 얻게 될 수도 있고 서적 출판 기회를 잡을 수도 있다.

4. 블로그 내용을 2차 결과물로 만들 때 꼭 출판사를 통할 필요도 없다. 프로그램 'PDFPrinter'를 이용해 PDF로 만들어 배포하거나 아이북스에 등록해 판매하는 방법도 있다는 거!

5. 시시콜콜한 연애 이야기를 트위터나 블로그에 올리는 건 아무에게도 도움 안 되는 일일뿐더러 사생활 노출의 우려도 있다. 대신 연애와 관련된 최근 연구결과를 트윗하면 폭풍RT가

시작될걸?

6. 생각과 정보를 공유하기 좋은 트위터. 똑같이 개인적인 이야기를 올리더라도 콘셉트와 정보를 담는다 생각할 것. 이를테면 음식 사진을 하나 올리더라도 다이어트의 관점에서 올린다든가 하는!

7. 무슨 내용을 트윗할까 고민이라면 실시간으로 전달되는 트위터의 특성상, 최신 정보나 자신이 속한 업계 정보를 갈무리하는 것도 괜찮은 방법.

8. 트위터에 뭔가를 올릴 땐 같은 내용이라도 '말을 걸듯' '대답을 유도하듯' 올리면 반응이 확실히 다르다. 팔로워 입장에선 독백하듯 쓴 글보다는 멘션을 보내기가 수월해지기 때문.

9. 구직이나 이직을 위해 계정을 만들 땐 한글뿐 아니라 영어로도 만드는 것이 유리하다. 아직까진 국내보단 해외 사용자들이 많기 때문인데, 해외취업의 기회도 열릴 수 있기 때문.

1. 회사에서 다른 직원과 있었던 일에 대해 '어디 한번 보고 기 분 나빠봐라'라는 뉘앙스로 올린다.
2. 식당이나 영화관, 공원 등 자주 가는 장소에 가자마자 '나 여기 왔어요'라고 반복적으로 올린다.
3. 친구와 함께 찍은 사진을 당사자인 친구에게는 약간의 의향 도 묻지 않고 마음껏 다 올린다.
4. 검색하면 나오는 것도 다 SNS로 물어본다.
5. 틈만 나면 SNS를 들여다본다.

스스로에게 솔직해지기

많은 여자들의 연애로 인한 고민은 사실 스스로에게 솔직하지 못한 지점에서 시작된다.

인간성이 좋은 사람이어야만 해요, 라고 말하면서 유학파 외국계 직장인만 소개받는 일처럼. (그냥 유학파에 연봉 높은 사람이면 좋겠다고 말을 하면 되잖아!)

마음속으로는 A를 원하지만 A를 원한다고 말하는 사람이 되기 두려워 "난 B를 원해요"라고 말하는 것. 사실은 A를 버릴 생각이 없으면서 "저는 A인 제가 너무 싫어요"라고 말하는 것은 비극이다.

많은 사람들이 이야기한다. 스스로에게 솔직해지는 것이 중요하다고. 자기 자신이 원하는 것을 똑바로 말할 수 있고, 그 사실에 부끄러움이 없는 것이야말로 스스로에게 솔직해지는 방법 그 자체이다.

우리는 영원히 함께할 거야, 다짐해 마지않는 연애를 했던 적이
있다. 아니 사실은 그런 다짐을 하지 않았던 적이 없다는 표현
이 더 정확할 것이다. 하지만 그 다짐은 매번 지켜지지 못했고,
그런 다짐을 했다는 사실이 오히려 나를 괴롭게 했다.

백 년 뒤에도 살아 있을 것처럼 생각하는 사람이 아니라, 오늘이
마지막일 수도 있다고 생각하는 사람이 욕심을 버릴 수 있다.
우리는 아마도 영원할 거야 라는 덧없는 기대가 아니라, 우리
는 언제라도 끝날 수 있어 라며 담담히 서로를 대할 수 있다
면 우리의 사랑은 좀더 유연해지지 않을까.

혼자의 발견
ⓒ곽정은, 2014

1판 1쇄 발행 2014년 12월 10일
1판 17쇄 발행 2016년 1월 11일

지은이 곽정은

편집장 김지향 편집 김지향 이희숙 편집보조 박선주 모니터링 이희연
표지 디자인 김이정 본문 디자인 이현정 일러스트 봄로야
마케팅 방미연 정유선 오혜림 홍보 김희숙 김상만 한수진 이천희
제작 강신은 김동욱 임현식

펴낸이 이병률
펴낸곳 달 출판사
출판등록 2009년 5월 26일 제406-2009-000034호

주소 10881 경기도 파주시 회동길 210
전자우편 dal@munhak.com
페이스북 facebook.com/dalpublishers 트위터 @dalpublishers
전화번호 031-955-2666(편집) 031-955-2688(마케팅) 팩스 031-955-8855

ISBN 978-89-93928-79-2 03810